Nouvelles pour une histoire revisitée

E. BOUTEVILLAIN-WEISROCK

Petites histoires

Nouvelles

Édition : BoD – Books on Demand,

12/14 rond-point des Champs-Élysées, 75008 Paris

Impression : BoD - Books on Demand,

Norderstedt, Allemagne

ISBN : 9782322400546

Dépôt légal : Novembre 2021

L'histoire des plus grands princes est souvent le récit de la faute des hommes.

Voltaire, Le Siècle de Louis XIV, chap.11.

Du même auteur chez BOD

Les Contes de Zattise Zeqwestchen. Illustrations Alain Catherin.

Les Contes de Zattise Zeqwestchen, L'inquisiteur. Illustrations Alain Catherin.

5, rue des Aubépines, tome 1, Paule.

5, rue des Aubépines, tome 2, Suzanne.

5, rue des Aubépines, tome 3, Suzy Suzette.

Armande et la légende de Siméon.

Chez les éditions 12/21

Alea Jacta Est, prix Télérama Monuments Nationaux Château de Vincennes.

LA LOI DU TALION

(Concours Her de fêtes)

Augustine Pompon ponçait délicatement un secrétaire Louis XV lorsque ses trois nièces, triplées de leur état et ados de dix-sept ans de surcroît, firent leur apparition. Comme tous les samedis, elles débarquaient, déposées par leur mère, pour profiter de deux jours de totale liberté. C'était ainsi depuis leur naissance et cela ne risquait pas de changer. Il faut dire à leur décharge que l'univers de leur tante relevait du grain de folie qui permettait à quiconque de se ressourcer. Leur père, Fernand, était l'opposé physique de sa sœur. Roux flamboyant, beau comme un astre, jovial dès le premier contact, il dénotait de sa cadette brune, sombre d'extérieur et d'une discrétion à toute épreuve. Leur métier aussi les séparait. Plombier pour l'un, toujours à bavarder avec le client, thanatopracteur pour l'autre. Difficile de bavarder dans son cas, sa patientèle étant peu loquace. Deux choses les unissaient. Leur amour fraternel profond et sincère et leur réputation. Efficaces, doués, compétents, les adjectifs vantant leurs mérites pleuvaient. La seule différence est que l'on n'hésitait pas à discuter avec le frère tandis qu'on évitait soigneusement la sœur de peur qu'elle se mette à raconter son quotidien. Augustine ne s'en formalisait pas. Fille, petite-fille et arrière-petite-fille de fossoyeur, la mise à l'écart ne la touchait pas. Son isolement relatif lui offrait de vivre sa vie pleinement selon ses vœux. Restauration du corps la journée, et parfois la nuit en cas d'urgence, et restauration de meubles anciens le reste du temps. Augustine avait hérité du don de sa grand-tante Léonie, appelée juste « tante Léonie » qui, en son temps, avait été une grande restauratrice d'œuvres d'art. Tableaux, meubles, rien ne lui échappait. Et elle était très douée. Ayant grandi dans l'odeur de térébenthine et autres odeurs de colle, la petite Augustine avait repris le flambeau. Comme passion. La réputation de sa tante lui offrit une clientèle que son frère agrandissait par ses bavardages. Et que sa belle-sœur, Vanille, tout droit arrivée de Guadeloupe pour poursuivre ses études de littérature anglaise, avait élargi à la communauté universitaire. La famille dont on rêve en se disant qu'elle n'existe pas. Eh bien si.

Ce samedi matin, les triplées espéraient non seulement passer deux jours géniaux, mais également, que leur tante leur défît le nœud gordien qu'elles avaient à résoudre : une dissertation de français. Non qu'elles aient des difficultés en cette discipline, mais le sujet les tracassait et elles avaient beau le prendre dans tous les sens, rien n'y faisait, elles ne trouvaient pas l'inspiration.

– On a lu « Un Secret » de Philippe Grimbert et le prof voudrait qu'on rédige une dissert sur le sujet du secret, expliqua Maëlys.

– Le sujet, c'est « Vous avez découvert que, comme P. Grimbert, votre famille a un secret. Vous en découvrez la teneur. Racontez », compléta Lucille.

– C'est un peu dur, parce que tu vois, dans le livre, il narre non seulement le secret, mais les effets dévastateurs sur lui. Effets inconscients, mais ressentis, poursuivit la dernière des triplées, Victorine.

– Je reconnais que le thème est intéressant, mais je ne vois pas la difficulté.

– On a demandé à papa et maman, et aucun n'a de

secret !

– Rien, pas le début d'un !

– Donc, tu vois, c'est un peu compliqué pour nous.

– Vous pouvez en inventer un, suggéra leur tante.

– On y a pensé, sauf qu'on va tous raconter la même chose et s'inspirer du livre.

Leur tante se mit à réfléchir tandis que les filles finissaient leur petit-déjeuner.

– On a bien l'oncle Maurice, commença-t-elle.

– Oui ?

– Fernand ne vous en pas parlé ?

– Non, répondirent en chœur les trois sœurs.

– Oncle Maurice est tombé amoureux d'une trapéziste. Sauf qu'il s'appelait Maurice de Saint Armand, et donc forcément, la vie de saltimbanque, ça ne plaisait pas trop. Sans compter que le cirque ne voulait pas de relation outre-cirque. Sa dulcinée et lui réfléchirent et eurent l'idée de transformer Maurice en Ida, la femme à barbe !

– Non, mais n'importe quoi ! s'exclama Maëlys.

– Absolument pas, mon ange. Ils furent très heureux et donnèrent naissance à la branche maternelle de notre famille !

– Personne n'a rien vu ?

– Non. Enfin, pas les spectateurs. Maurice était aussi beau que votre père. Le patron du cirque a dû se rendre à l'évidence qu'il s'était fait avoir quand il constata que sa trapéziste était enceinte alors qu'elle ne partageait sa roulotte qu'avec Ida !

Tout le monde éclata de rire.

– Et maintenant, on sait d'où vient ton côté étrange ! s'amusa Victorine.

– Mais ce n'est pas trop un secret.

– Non, j'avoue.

– On pourrait s'attacher au secret de Maurice avant qu'il ne le dévoile à ses parents, présenta Maëlys.

– Oui, et en deuxième version, on peut raconter le secret caché au patron de cirque, continua Lucille.

Les filles se mirent donc à faire des suggestions et à échafauder une théorie du secret. L'histoire de Maurice leur donna l'eau à la bouche. Augustine les laissa dans leur atmosphère de travail et partit dans son atelier sis au fond du jardin pour poursuivre ses travaux de restauration. Cette notion de secret l'avait quelque peu chamboulée et la question se posait de savoir si elle allait narrer la vie de Léonie ou pas. Ce furent ses nièces qui sans le vouloir lui donnèrent l'occasion de raconter l'histoire la plus glaçante de la famille. En fin d'après-midi, elles étaient allées s'installer dans le cabinet de curiosités de leur tante. Cabinet fait de bric et de broc, d'objets hétéroclites familiaux ou récupérés lors de décès de papys et mamies et dont les héritiers ne savaient que faire et qu'ils finissaient par refiler à la sœur de Fernand « parce qu'elle récupère tout ». Non, pas vraiment, mais Augustine estimait qu'un objet avait une autre vie pour peu qu'on s'y intéressât. Bon nombre de « ces dons » finirent leur vie dans un magasin d'antiquités, retapés par la sœur de Fernand et remis dans le circuit. Tous retrouvaient vie. Parfois même chez ceux qui s'en étaient débarrassés. Épatés de leur achat, ils ne remarquaient pas que la lampe tout juste achetée trônait autrefois sur la table basse et étaient fiers d'installer leur nouvelle acquisition sur... la table basse.

Les filles adoraient, depuis leur enfance, cette pièce. Deux grands canapés anglais, moelleux à souhait, se faisaient face. Augustine les trouva donc à papoter.

– Je vois qu'on bosse dur, s'amusa-t-elle.
– Absolument.

– Nous cancanons, figure-toi.

– Diantre, nous voilà bien.

– Tu viens jaser avec nous ?

– Pourquoi pas.

Le papotage alla bon train et Augustine sut tous potins qui circulaient au lycée. Machin couche avec bidule. Truc pue des pieds. Untel n'est pas bien dans sa peau, unetelle a laissé tomber son copain. Bref, le quotidien d'ados. La tante partagea avec ses nièces les bêtises d'enfance, les triplées adorant les récits concernant leur père.

– On se fait un apéro dinatoire ? demanda enthousiaste Lucille.

– Si vous voulez.

– On prépare tout, tu nous attends.

– À vos ordres.

L'apéro dinatoire était la tradition du samedi. Toute petite, Augustine les avait habituées à ce que le samedi sorte de l'ordinaire. Elles y prirent goût parce que ce moment était unique. Intime, chaleureux, où tout pouvait être dit, entendu, mais jamais jugé. Rapidement, tout fut prêt. Pendant les préparatifs, la tante avait cherché dans son fouillis l'affiche du cirque annonçant

« Ida la plus belle des femmes à barbe ». Ce fut celle-ci qui cueillit les triplées à leur retour.

– La vache ! s'exclama Maëlys.

– Dis donc ton langage, la sermonna amusée Victorine, mimant leur mère.

– Oui, pardon. Saperlotte !

– Elle… non, il était trop beau !

– Tu m'étonnes que personne n'ait rien vu.

– J'adore venir ici, lâcha soudainement Lucille.

– Ouais, c'est la caverne d'Ali Baba.

– Et en plus, on peut faire tout ce qu'on veut, enchérit Victorine.

– Dans la limite du raisonnable, ajouta Augustine.

– N'empêche cette maison est trop formidable.

– Ah ça, confirma Augustine.

– Elle était à qui avant toi ?

– À tante Léonie.

– Tu lui as racheté ?

– Non. Elle me l'a léguée.

– Pas à papa ?

– Votre père avait sa vie de faite avec votre maman. Et à moi parce qu'elle voulait que je reprenne son atelier.

– Ce que tu as fait.

– Elle m'a tout appris. Elle et Jonas.

– Jonas ?

Augustine partit dans ses souvenirs, mais fut vite rappelée par Lucille.

– Jonas ?

– Jonas, oui.

Augustine se leva et prit dans une armoire normande XIXe différents cartons remplis de photos. Elle fouilla et en sortit quelques-unes.

– Jonas et Léonie, dit-elle en donnant la photo à Maëlys.

– Ils sont beaux. C'est son amoureux ?

– Non. Son ami.

Augustine inspira fort et commença sa narration.

– Léonie était restauratrice d'œuvres d'art à Berlin. Elle venait de sortir de l'école de formation et était entrée au service d'un des plus grands antiquaires de Berlin. Qui travaillait du reste pour les musées. Ce n'était pas la meilleure époque du siècle, mais personne ne le savait encore.

Les filles fixèrent leur tante attendant la suite.

– Léonie et grand-mère Eugénie étaient allemandes par

leur père et françaises par leur mère. Leurs parents étaient antiquaires. Eugénie épousa grand-père Paul en 40. Elle était retournée en France avec sa maman en 36 quand leur père trouvât que cela commençait à sentir le roussi en Allemagne. Léonie resta pour ses études. Les deux sœurs connurent la guerre, mais sous des angles différents. La vie était loin d'être simple dans l'Allemagne nazie. La population était surveillée, le rationnement avait été imposé au nom de l'effort de guerre, la Gestapo et les SS régnaient en maître. En 38, Léonie rencontra un gars nouvellement engagé dans la Wehrmacht qui devint son amant, puis le père de Joachim en 42. Ils étaient heureux malgré les horreurs de la guerre. Albrecht dut partir pour le front de l'Est où il mourut lors de Stalingrad. Léonie se retrouva seule. Seule en 45. La parole a tellement été scellée que peu de gens peuvent imaginer les souffrances du côté allemand. Famine, bombardements massifs, continus et prises des villes les unes après les autres par les Alliés. Un enfer s'est ouvert sous les pieds des Allemands. Ils n'étaient pas tous des fanatiques nazis, vous savez, ils tentaient pour la plupart de survivre dans un régime sans libertés.

Augustine s'arrêta un temps. Les triplées ne bougèrent pas d'un cil.

– En 46, elle rencontra Jonas. Libéré de Mauthausen, ne sachant que faire, il avait suivi les troupes alliées qui avaient vu en lui une aide précieuse. Avant la guerre, il travaillait à la morgue et était capable, pour avoir observé les médecins, de faire des sutures et autres raccommodages. En 46, grand-mère Eugénie partit en Allemagne avec son mari afin de retrouver sa sœur dont elle n'avait pas de nouvelles. Grand-père Paul obtint toutes les autorisations de circulation au nom des sacrifices qu'il avait faits pour la patrie.

– Il avait fait quoi ?

– Il était entré dans la Résistance et avait combattu les Nazis. Qui se méfierait d'un fossoyeur ? C'est l'avantage de nos professions, nul ne nous approche. Il fut dénoncé et torturé par la Gestapo.

– Il a parlé ?

– Non. Grand-père Paul avait un père alcoolique et violent, alors la Gestapo n'avait fait que répéter des gestes déjà connus. Il tint bon. Il avait même planqué mamie dans un mausolée dans le cimetière. Quand la police française la chercha, elle fit chou blanc. Je me rappelle que mamie disait toujours qu'elle avait gardé une odeur de moisi dans les narines !

Augustine sourit.

– Et après ? questionna Lucille.

– Ils sillonnèrent Berlin, finirent après des semaines à trouver Léonie et la ramenèrent avec eux.

– Et Jonas ?

– Jonas aida papy à retrouver sa belle-sœur. Grand-père Paul s'était adressé à son régiment pour obtenir de l'aide et quand il en entendit parler, il les conduisit jusqu'à elle. Ils revinrent tous les quatre.

Un silence se fit permettant aux filles d'absorber cette découverte. Différents sentiments se mêlaient et s'entrechoquaient en elles.

– Papa ne nous en a pas parlé.

– Fernand ne le sait pas. Peu de temps avant sa mort, Léonie me fit venir et me conta son histoire. Papy fit de même.

– Pourquoi ne l'ont-ils pas dit à papa ?

– Votre père est un vivant. Je travaille avec la Mort au quotidien. Cela lui aurait fait trop de mal.

– Pas à toi ?

– Non. J'ai encaissé.

– Et Joachim ? demanda soudainement Maëlys.

– Il est mort en 45 de sous-nutrition.

– Oh, firent émues les trois ados.

– Tante Léonie ne s'en est jamais remise, continua Augustine. Bon allez, assez de tristesse ! Regardez les photos, imprégnez-vous de notre famille, mais dites-vous que c'est le passé et que Léonie a vécu heureuse malgré tout. Surtout après notre naissance, ajouta-t-elle.

– Parce que vous passiez votre temps à faire des bêtises ?

– Absolument, dit fièrement Augustine et de conter moult carabistouilles.

Les filles se couchèrent avec leur idée de secret. « Le prof lira trois fois la même histoire, avait dit Victorine, mais sous des angles différents. » Lucille prit le parti de raconter le poids du secret d'avoir perdu un enfant. Maëlys, le poids du secret après-guerre où tout est tu pour oublier. Victorine préféra poser la question de savoir si elles raconteraient le secret à leur père. Augustine, elle, resta dans son cabinet des curiosités. Elle n'avait pas tout dit. Elle n'avait pas dit les viols. Deux millions de Berlinoises, de tous âges, victimes des viols des Alliés et des Soviétiques. Ceux-ci avaient érigé le viol comme prise de guerre, pour rembourser Stalingrad. Les Français pour se venger de l'Occupation. Les Alliés parce que cela faisait partie des dommages collatéraux. Ben oui, ma brave dame, c'est la guerre, faut bien que le soldat se défoule. Soldat qui va rentrer en héros à la maison, sera fêté et jamais condamné. Augustine eut envie de cracher son dégoût. Léonie appartenait à ses deux millions de femmes. Joachim ne mourut pas de sous-nutrition, mais fut tué par Youri B, un soir de beuveries. Il voulait empêcher l'accès à la chambre de sa mère et fut jeté violemment contre le mur. Ses cervicales ne résistèrent pas. Léonie, brisée par la cruauté de la nuit, découvrit son petit le lendemain. Aucun remords de la part du soldat. Qui revint les autres nuits. Eugénie et Paul ne posèrent aucune question à Léonie quand ils la trouvèrent. Trop d'histoires leur étaient parvenues pour qu'ils ignorent la vérité. Et le corps de Léonie était un aveu à lui seul. Eugénie prit soin de sa sœur avec un degré de dévouement sans limites. Jonas, victime de la barbarie nazie — on lui avait coupé la langue pour le plaisir — se lia à Léonie et lui apprit à restaurer les meubles. Le quatuor vieillit au son des cris et rires des enfants d'Eugénie et de leurs propres enfants, mais en taisant cette époque. Comme tant de familles. C'est en Augustine que Léonie se retrouva. Et c'est à elle qu'elle confia sa passion, sa maison et son passé. Augustine posa son verre, rangea les photos et sans le faire exprès fit tomber les photos prises dans une morgue. Lorsque son papy apprit sa vocation médicale, il lui offrit tout un panel de photos prises par Jonas pendant la guerre montrant des dissections en plan large ou en gros plan. Elle hérita même du squelette offert par grand-père Paul à la faculté de médecine. Squelette aimablement rendu vingt ans plus tard, lorsque le doyen découvrit que c'était une vraie personne. Il lui avait dit « au moins il te permettra d'être incollable en anatomie ». Ça plus les photos, Augustine fut la première de sa promo. Ce que grand-père Paul n'avait jamais mentionné qu'à sa petite-fille et sur son lit de mort, c'est que peu avant de rentrer en France en 46, avec Jonas, ils avaient fait le tour des casernes soviétiques. Peu de temps après, il avait offert le squelette aux étudiants en médecine.

– Tu vois, ma chérie, avait-il dit un jour à Augustine, la

guerre encourage les saloperies. On dit que c'est la guerre qui veut ça, mais non. L'homme devient une bête et après il se cherche des excuses. Il n'y a pas d'excuses à la cruauté. Jamais. Pas vrai Youri ? avait-il lancé l'adresse du squelette.

ET DIEU NE CRÉA PAS QUE LA FEMME

(Concours Le Chat Pitre)

– Mon cher, je crains fort que nous ayons encore une éternité devant nous avant d'obtenir gain de cause !

– Rien que l'idée, je m'effondre, dit Charles.

– Pourtant, nous avons l'éternité, mais là je trouve le temps long.

– Vous prêchez un convaincu.

– Bon sang, depuis combien de temps sommes-nous rivés aux événements du bas ?

– Dix ans.

– Dix ans ?

– Dix ans.

– Grand Dieu, ils attendent quoi pour nous utiliser ? Dix ans de plus ?

– Allez savoir.

– En même temps, dix ans c'est peu au vu du temps que nous avons devant nous.

– Oui, mais cela fait tout de même dix ans !

Les deux hommes soupirèrent ensemble.

– Keuf, keuf, fit une voix derrière eux.

– Doucement mon ami, reprenez votre souffle, hein, inutile de vous mettre dans un état pareil.

– C'est que j'ai un pli urgent pour vous, lâcha l'envoyé agonisant.

– Un pli ?

– Voui.

– Enfin ! s'écria Charles.

Chacun prit son enveloppe.

– Attention, vous ne pouvez l'ouvrir qu'à votre arrivée à votre destination.

– Allons bon. En attendant, on va enfin pouvoir agir !

– Il était plus que temps ! Mon cher Charles, êtes-vous prêt ?

– Presque. Yvonne, tonna le grand Charles, prépare la valise !

– Dites-moi, mon jeune ami, pourquoi avons-nous dû attendre dix ans ?

– C'est la règle en général pour les personnalités.

– Je vois. Comme un test ?

– Plutôt comme un cadeau d'anniversaire. Ou pour être bien sûr. Ou pour trouver la bonne mission.

– Ouais, vous prenez votre temps, en somme.

– En même temps, nous en regorgeons.

– Ça y est, je suis prêt ! cria Charles.

– Dans ce cas, ma chère Clemmie, je vous dis au revoir.

– Au revoir, mon ami, et évitez les bêtises.

– Rhô, comme si c'était mon genre, s'amusa son époux.

– Allez ! Allons mettre de l'ordre dans tout ce fatras !
Yvonne, soyez sage en mon absence !

Yvonne leva les yeux au Ciel, enfin plus haut vu qu'elle
y était déjà.

– Absturzius !

– Oui, Régulateur ?

– As-tu donné leurs enveloppes aux deux Grands ?

– Oui, Régulateur. Ils étaient même très contents.

– Tu m'étonnes. J'espère que nous n'avons pas fait une
gaffe en les choisissant comme conseils.

– Vu comme ils se débrouillent en bas, ça ne pourra pas
être pire.

Pendant ce court intermède, les deux hommes arrivèrent
sur leur lieu de mission. L'un atterrit au 4 Matthiew
Parker Street et l'autre dans la très jolie ville de
Chemnitz. Charles fut le premier à dégainer son

enveloppe et à l'ouvrir. Au même instant, un individu, so british, interpella la femme sise au centre de la pièce :

– Thérésa, Thérésa, la reine vous a nommée Premier Ministre !

– Non, mais c'est quoi cette chienlit, ne put s'empêcher Charles lisant son ordre de mission. Qui c'est qui avait dit qu'il ne fallait pas qu'ils entrent dans l'Europe, hein, c'est qui ? C'est Bibi ! Non, mais, quelle chienlit !

– Par Saint-Georges ! s'exclama Churchill en voyant le rassemblement de Chemnitz.

Remettant son cigare dans sa bouche, réajustant son chapeau, il ajouta :

– Mes gaillards, vous n'êtes pas passés en 40, c'est pas maintenant que cela va arriver. Angela, accroche toi, Winston est là !

INNOCENTS

(Non présenté)

Heidi, ce matin-là, se leva de fort bonne humeur. Depuis un mois, à présent, sa famille avait emménagé chez son oncle. Du haut de ses cinq ans, elle n'était pas stupide et savait très bien que cette escapade était, avant tout, professionnelle. Son père et son oncle travaillaient dans la même entreprise, et même si son père avait pris du galon, la tête pensante était son oncle. Elle savait, aussi, grâce à des bribes de conversation volées, que l'entreprise n'allait pas très bien et que les deux hommes devaient trouver des solutions pour redresser la barre. D'où cet emménagement. Afin de ne pas le rendre trop pénible aux enfants, les parents avaient organisé la journée avec rigueur. École, savoir, le matin avec leur mère et l'après-midi, un immense jeu d'énigmes avait été inventé, les enfants, devant par leur sagacité et leur intelligence, trouver les solutions des énigmes afin d'avancer jusqu'à l'énigme finale. Chaque jour réservait donc son lot de surprises. Ses frères et sœurs adoraient l'après-midi, malgré les éventuelles frustrations de ne pas trouver tout de suite. D'autant qu'à cinq ans, elle ne pouvait être que d'une maigre utilité. Sauf pour se faufiler dans les recoins où étaient cachés les indices. Car on avançait dans l'énigme grâce aux indices laissés ici et là. Cette quête la rendait folle de joie. En son for intérieur, Heidi espérait que son père et son oncle résoudraient leurs problèmes, mais pas trop vite non plus afin de prolonger cet état de grâce. Elle n'ignorait pas la chance qui était la sienne. Sa mère le leur rappelait régulièrement. Issus d'une famille aisée, ils bénéficiaient de tout ce que l'argent peut offrir. Luxe, bonnes manières, culture, enseignement réservé à une élite, opportunités intellectuelles. Ils n'en étaient pas pour autant méprisants. Chacun avait sa place dans la société et devait s'y tenir. Chacun se devait au bien de tous.

Aujourd'hui, la petite fille était surexcitée, car hier, l'avant-dernière énigme avait été trouvée. C'était donc le grand jour, enfin elle l'espérait. Elle se leva d'un bon pied et partit en direction des cuisines. Elle y trouva sa fratrie, ainsi que son oncle et ses parents. Ces derniers la saluèrent tandis que son oncle, affectueux comme à son habitude, la prit dans ses bras et lui demanda si sa nuit avait été agréable. Il avait toujours un mot gentil et une attention délicate. Elle l'adorait. Encore plus, car il lui arrivait de lui demander de lui livrer ses pensées, qu'elle exprimait avec grande ferveur, et qu'il écoutait avec grand intérêt bien que la petite soit jeune. Une fois ce conciliabule terminé, Heidi se précipita sur la tartine couverte de marmelade et se régala avant de recevoir la leçon de mathématiques, puis les leçons de maintien, de musique. Un peu de sport égaya, également, la matinée. Vinrent le repas familial et l'attente des consignes. Écoutées avec beaucoup d'attention, elles donnèrent du fil à retordre aux enfants. Il leur fallut l'après-midi de réflexion pour trouver enfin la solution. Fiers de leur découverte, ils reçurent avec un immense plaisir les compliments des adultes. Leur victoire fut chantée, criée, hurlée, proclamée haut et fort. La récompense fut à la hauteur de leurs espérances. Ils eurent droit de regarder un film. Leur mère, rigoriste, avait interdit ce genre de passe-temps, mais il fallait bien une récompense à la hauteur de l'exploit, elle céda donc. Une envolée de moineaux se précipita dans la salle de projection, réservée pour la fratrie et put visionner à son aise l'œuvre offerte.

En se couchant, ce soir-là, les enfants avaient des paillettes plein la tête et Heidi ne savait comment exprimer son bonheur si ce n'est en répétant inlassablement « qu'elle était la petite fille la plus heureuse de la terre ». Ce qui lui valut les moqueries affectueuses de ses aînés. Chacun des enfants avait l'espoir de la journée de demain, leur père ayant promis une surprise encore plus grande. Lorsque leur mère vint leur dire bonsoir, ils avaient le sourire aux lèvres et le bonheur au fond du cœur. Heidi embrassa sa maman et s'endormit sereine.

En ce 30 avril 1945, ce fut la dernière fois qu'Heidrun Goebbels embrassait sa mère.

DÉCÉDÉ

(Concours ville de Meaux)

Octobre 1917.

– Tais-toi, mère ! ordonna François, tu ne sais pas de quoi tu parles.

François Rement était en permission chez ses parents. Il avait obtenu celle-ci « grâce » aux Chemins des Dames. « Grâce », c'est ce que lui avait dit sa mère à son retour. Comme si voir mourir les copains autorisait à prendre un peu de repos. François était, comme de nombreux camarades, rassasié de la guerre. La dernière bataille avait été celle de trop. Une boucherie, comme toutes les autres. Pire, sans doute, car inutile. Tous la savaient inutile, mais combien ont perdu la vie pour cinq cents mètres de terrain ? C'en était assez. Pour lui et pour tous les autres. Ça durait depuis trop longtemps. Sa mère se tut. Il reprit. Il fallait que cela sorte.

– Que crois-tu qu'on fasse là-haut ? Rien de ce qu'on vous dit n'est vrai.

– Allons, les journaux parlent, intervint son père.

– Ah oui ? Et que disent-ils ?

– Les avancées de l'armée, les reculades de l'ennemi.

– Je vois. Et les rats ?

– Quoi les rats ?

– On vous parle des rats ? Non, bien sûr, poursuivit François, on vous le dit pas. Les tranchées en sont infestées. On vit avec eux, au milieu d'eux. On doit se battre pour garder un quignon de pain. Ils sont gros, gras et nombreux. Et la tambouille ? On vous en parle ? Non plus. Froide, insuffisante.

– C'est la guerre, répondit le père.

– Bien sûr, la guerre.

François se tut.

– Toi, tu as tenu, fit sa mère.

Il leva les yeux vers elle.

– J'ai tenu ? Oui, je ne sais pas pourquoi. Mais j'ai tenu. Oui. Et ?

– Et Amédée non. C'est un

– Ne dis pas ça ! hurla François, renversant sa chaise. Ne dis jamais ça ! Amédée a eu plus de courage que nous tous réunis !

– Du courage ? À déserter ? éructa son père.

– Oui, du courage ! Tu sais ce que c'est de voir tomber les camarades comme des mouches, de voir que les Boches ont un meilleur approvisionnement que nous, de vivre dans le froid, l'humidité…

– Nous en 70…

– Ah oui, vous en 70, soupira François, vous avez tenu, vous êtes des braves. Tandis que nous, on est bon pour le canon. On vaut rien.

– J'ai pas dit ça !

– Si, tu le dis, tu le penses, mais vous ne savez rien. Rien de rien. Vivre sans dormir, être enseveli sous les obus. Tu sais ce que c'est le sifflement d'un obus ? La terre qu'il soulève ? Le poids quand elle retombe ? Tu sais ça ? Non !

Tu sais rien. Rien des morts qu'on peut pas ensevelir et qui pourrissent les tripes à l'air devant la tranchée. Rien des assauts où, à la fin, tu comptes les vivants. Rien des cratères d'obus dans lesquels on se noie. Rien des visages arrachés, les bras mutilés, des corps explosés. Et la peur de mourir ! La peur de finir en charpie, la peur de la souffrance, les copains dont tu tiens la main ou que tu entends agoniser longtemps, ceux qui appellent maman alors que tu peux rien faire pour eux ! Et l'odeur constante de la mort, de la chair pourrie ! C'est ça, ta maudite guerre !

François, épuisé, d'avoir trop parlé, se rassit. Le silence régnait dans la ferme. Soudain, il se leva et quitta la pièce. Il se dirigea vers la ferme de Marie-Jeanne et Alfred, les parents d'Amédée. Depuis qu'ils avaient reçu le courrier annonçant « Amédée décédé », ils vivaient reclus. Ils savaient ce que voulait dire « décédé ». Les autres familles payaient, aussi, leur tribut, mais elles recevaient « mort pour la France », pas « décédé ». Leur fils avait été fusillé pour l'exemple, pour indiscipline. Il avait refusé d'obéir à un ordre. On était en mai 1917. Le Chemin des Dames avait été le déclencheur. Même s'il avait une bonne raison tentaient de se convaincre ses parents, il n'en était pas moins un opposant à la guerre, un anti-patriote et ses parents en faisaient les frais. Ils voyaient l'opprobre dans les yeux des voisins, dans ceux qui ont perdu un fils, un père, un frère, dans ceux de l'État qui y voyait une trahison. Traître à la Patrie, voilà ce qu'était Amédée.

Ils virent arriver de loin François. Ils l'attendirent inquiets. Ce dernier ne dit rien, prit une bêche et partit aux champs avec le père. Il venait aider, compenser l'absence d'Amédée. Il n'y avait rien à dire. Il savait pourquoi leur fils avait fait cela, le comprenait. Sa famille avait besoin de garder un souvenir honorable de lui. Ce geste était une première étape. Un jour, peut-être, prendra-t-il le temps de leur raconter la guerre, pour qu'ils comprennent, mais pas aujourd'hui. Aujourd'hui, il avait trop parlé. Aujourd'hui, il voulait être actif, il voulait oublier en travaillant la terre. Oublier que dans une semaine, il retournait au front. Oublier la peur, les odeurs, les ordres absurdes, les cadavres jonchant le sol, les Boches et leurs foutus obus. Oublier les rats, le sang. Oublier qu'il faut passer le temps comme on peut. Les longues marches dans des tranchées détruites, qu'il faut reconstruire. Oublier qu'on veut dormir, mais qu'on peut pas. L'attitude du fils Rement fit le tour du village et on commençait à se demander si l'Amédée était vraiment si mauvais patriote que ça. Ou si le François n'avait pas également les mêmes idées révolutionnaires que lui.

La guerre prit fin et François revint. Il laissait derrière lui un champ de ruines composé de cadavres français, allemand, anglais et tant d'autres encore. Il savait que la vie serait différente, que personne ne comprendrait, alors il se tut. Comme tous les autres.

En juin 1919, un homme traversa la place du village en ce jour de marché. Chacun se retourna sur lui. Il avait l'habitude. On le regardait avec surprise, puis le dégoût prenait le relais et ensuite le rejet. Il se dirigea vers le seul étal sans clients. L'étal des parents du traître, étal qu'on fuit pour signifier l'ostracisme. La mère leva les yeux de son ouvrage quand l'ombre se dessina. Elle resta muette de stupéfaction. Elle n'en avait jamais vu ! Elle savait qu'ils existaient, mais grâce à la presse et au peu que François racontait. Il était, là, devant elle, gauche. Il avait longuement hésité à quitter son hôpital. « À quoi bon » se disait-il, « ils auront peur ». Puis, un matin, il se regarda et voulut que d'autres le voient afin de comprendre cette guerre. Il partit donc sur les chemins. Il avait le bas du visage emmitouflé dans un linge, plus ou moins propre. La mâchoire avait dû être arrachée par un éclat d'obus. Il manquait l'œil droit et trois doigts à la main droite. Le village restait stupéfait de voir ce combattant parler à la mère du déserteur. «Il ne savait pas, c'était pour ça», disaient les bonnes langues. Ils le virent sortirent une petite ardoise et la tendre à la mère.

– Bonjour mère, avait écrit Amédée.

ET EVE CROQUA LA POMME

(Concours Sous la Plume, aven29)

« Mon cher père,

Votre lettre m'a mise en joie. Après tout ce temps, enfin de vos nouvelles ! Et pourtant, son contenu m'attriste. Maintes fois avons-nous discuté de ce sujet. Maintes fois me suis-je opposée à vous. Vous m'avez écoutée, vous avez argumenté, mais de nouveau vous parlez mariage. Je sais combien cette union vous tient à cœur. Je ne le sais que trop ! Combien elle est nécessaire à notre famille ! Mais mère et vous m'avez offert une éducation libre. Vous avez ouvert mon esprit au savoir grâce à vos ouvrages, aux précepteurs que vous avez si savamment choisis. Comment puis-je, après de tels privilèges, accéder à vos souhaits ? Vous me demandez de m'enfermer dans ma condition de femme, de respecter ces interdits qui sont ceux de notre sexe. Vous me demandez de vous obéir contre ma volonté !

Je n'éprouve que respect pour vous, père, mais comment puis-je me résoudre à renoncer à moi-même ? Je sais que cette union apportera richesse et confirmera le renom de notre famille. Qu'elle devient nécessaire au vu de mon âge. Mais comment renoncer au monde qui s'ouvre à moi ?!

Je ne puis y songer. Pardonnez, mon père, à cette fille indigne que je deviens. À cette fille qui vous chérit plus que tout. Mais j'ai tant à faire ! Tant à prouver et à réaliser ! Je ne veux renoncer au destin qui est le mien. Je ne puis abandonner mes rêves de liberté. Je ne puis devenir juste une femme faite pour enfanter et me taire. Je veux, comme Olympe, que ma voix soit entendue. Que les citoyennes obtiennent ce que ceux de votre sexe obtiennent sans combattre. Comme un dû.

Il est temps d'agir ! De suivre la voie tracée par les femmes d'octobre qui ont réussi à ramener le roi. Il est temps que les femmes agissent pour lutter contre le chaos. Ma décision est prise. J'agirai en femme, fière de mon noble nom, garante de l'héritage de notre famille, héritière de Rousseau. Je ne cherche aucunement la gloire que tant d'autres convoitent. Je veux un monde ouvert, serein, prometteur d'égalité. Un monde tel que l'ont rêvé nos penseurs.

J'ai fui notre foyer et ne prendrai pas le temps de construire le mien, car j'appartiens à ceux qui vont combattre contre le tyran. Vous avez su m'offrir plus qu'un père ne saurait offrir. Vous m'avez donné un nom, une éducation de lettrée. Vous m'avez ouvert votre cercle d'amis.

Pensez à moi, mon papa. Ne voyez pas en moi celle qui vous a trahi. Voyez en moi, celle qui agit, celle qui sait ce qu'il faut faire. Oubliez-moi, mais ne me haïssez pas. Embrassez ma sœur. Je dois le faire. Telle est ma conviction. »

Votre fille aimante et dévouée.

Elle essuya les larmes qui perlaient à ses yeux. « Il est temps », se dit-elle en entendant l'heure sonner au clocher. « Il me recevra, m'écoutera et sera gagné à ma cause ». Elle jeta un dernier regard dans son miroir, puis sortit affronter Paris, ses bruits, ses odeurs, sa foule, ses idées qui se sèment au vent. Elle avait grandi si vite ! Une foule bigarrée se pressait dans les rues. Elle s'interpellait, s'invectivait, chantait sa joie, criait sa colère. Nul ne pouvait lui échapper. Nul ne devait lui échapper. Après un périple épuisant à ressasser ses arguments, elle finit par arriver chez lui.

Elle se présenta, inquiète, angoissée, à celle qu'elle présuma être la gouvernante des lieux. On lui refusa l'entrée. « Le maître n'est pas là. » « Il ne reçoit pas. Revenez avec une lettre d'introduction ». Elle insista. Nouveau refus. Elle insista derechef, avec passion, bloquant l'ouverture de porte. On accéda, contraint, à sa requête. Pour se débarrasser. Elle suivit Cerbère aux étages. Tremblante. La porte s'ouvrit, il était là. Il leva les yeux :

– Que me veux-tu ? lui demanda-t-il.
Elle bégaya, puis se reprit. Elle conta, timidement, l'objet de sa venue. Il écouta, d'abord pensivement, puis avec attention.

– Voilà qui est bien intéressant ! Attends que je prenne un papier. Voilà. Maintenant, raconte-moi en détail.

Elle le fit. Posément, avec assurance et espérance. Rassurée d'avoir atteint son but. Une fois, le récit terminé, il la regarda et lui dit :

- Mais, dis-moi, jeunette, quel est ton nom ?
- Marie-Anne Charlotte de Corday d'Armont.

Marat n'entendit rien de plus.

RETOUR VERS LE FUTUR

(Concours La Méridienne du Monde Rural)

Diplôme d'honneur

– Clemmie, mon amour ! Enfin, vous voilà !

– Bonjour, mon ami.

– Dix ans que je vous attends !

– Figurez-vous que, malgré l'amour profond que je vous porte, il est des décisions qui ne sont pas simples à prendre. Celle-ci exige beaucoup de renonciation.

– Allons, allons, Clemmie chérie. Vous êtes là et c'est l'essentiel. Je suis si heureux de partager cette vie avec vous !

Clémentine grommela.

– Ne rouspétez pas ma douce amie. Nous sommes réunis encore une fois. Pour le meilleur, le pire étant dernière nous.

– Je suis heureuse d'être de nouveau à vos côtés, mais vous avouerez tout de même que cela sort de l'entendement !

– Mon amour, il faut savoir faire fi des convenances quand une occasion se présente. Nous allons partager un monde neuf ! Humer l'air nouveau !

– Ça pour humer, on hume !

Il éclata de rire.

– Ah si vous saviez comme je vous aime, ma Clémentine. J'ai mis ces dix ans à profit pour mieux comprendre l'amour que je vous porte. Et ils m'ont aidé.

Il indiqua trois personnes.

– Vous voyez les deux femmes et le petit ? Jeanne, à gauche, Margaretha à droite et le petit Timéo. Jeanne est éditrice, je compte bien lui faire rééditer mes pensées. Quant à Margaretha, elle est Uruguayenne, une enfance difficile, victime de violence et une fois arrivée en France a obtenu une place de nurse. Quant au petit, il parle depuis peu. Il a sept ans et s'il s'ouvre un peu, et c'est grâce à moi. Et bien sûr aux deux femmes.

– Et quelles bêtises avez-vous faites en mon absence ?

– Aucune, ma douce amie, aucune. J'ai rencontré Jeanne après qu'elle eut claqué la porte au nez de sa famille. Opportuniste. Elle a beaucoup d'amour à offrir, mais si peu d'occasions. Très intelligente aussi. Comme vous. Fine observatrice du monde et de ses défauts.

– Vraiment aucune bêtise ?

– Pas la queue d'une.

– Mon ami, vous vous assagissez.

Il sourit.

– Je vis avec mon temps. J'observe, je renifle, je me fais mes opinions et je les partage avec eux.

– Il n'empêche que tout cela sort de l'ordinaire. Deux femmes et un enfant, avez-vous dit.

– Milady, ne soyez pas puritaine ! On a surmonté le Blitz, on ne va pas faire la fine bouche devant un amour de cette catégorie !

– Tout de même !

– Clémentine ! Je vous prierai de me faire confiance. Nous serons bien avec eux. Ouverture d'esprit, joie de vivre. Ça va nous changer de l'ordinaire.

– Ah, ben ça pour nous changer de l'ordinaire, ça va nous changer de l'ordinaire !

– Nous allons pouvoir échanger, discuter, débattre !

– Vous ne changez pas ! Toujours à vouloir entrer dans l'Histoire !

– En même temps ! Quand on voit ce qu'ils ont fait du sacrifice de tant de bons soldats ! Tous des femmelettes à présent ! Le petit Timéo est l'avenir ce pays. Donner du lait aux enfants, combien de fois l'ai-je dit ! Ils sont notre avenir.

– À condition qu'ils soient bien éduqués. Avez-vous vu les mouvements radicaux en Allemagne ?

Il cracha.

– Ne me parlez pas de cette engeance ! Cinq ans de sang, de sueur et de larmes pour les voir revenir ! Non, mais c'est du grand n'importe quoi !

– On ne va pas pouvoir changer grand-chose à cela, remarqua Clemmie.

– Peut-être, en attendant, nous allons vivre pleinement une nouvelle époque ! Jura, nous voilà !!

– Ouh ouh ! Tu viens ? cria Timéo. Euh, on dirait qu'il s'est trouvé une amie ? ajouta-t-il le voyant arriver.

– Oui, mais là... hésita Jeanne.

– Là, il va nous falloir une maison, annonça calmement Margaretha. Parce que nous trois plus un bouledogue anglais et un lévrier afghan dans un appartement...

Clémentine soupira.

– Winston Spencer Churchill dans quelle galère nous avez-vous entraînés !

– Oui ben, c'était ça ou supporter Charles le Grand pendant une éternité !

L'INNOCENCE PERDUE

(Concours EPACA)

Hannah sut qu'il était temps pour elle de quitter la pièce lorsque le Ministre lui fit un petit signe de la main. Elle s'assura que chacun avait près de lui café et viennoiseries, puis ferma doucement la porte derrière elle. Elle était fière. Fière que la comtesse, chez laquelle elle travaillait, ait accepté de la « prêter » en une si grande occasion. Elle était à son service depuis maintenant vingt ans. Jeune femme plantureuse, elle avait débarqué, voilà deux décennies à la capitale, munie d'une simple valise et d'une lettre de recommandation du Père Glaube. Le Père Glaube. Hannah soupira. Un Saint.

Hannah était née sourde et, ne pouvant capter les sons, muette par la force des choses. Ses parents, fermiers, vécurent cela comme un malheur, une punition divine. Protestants pratiquants, ils étaient persuadés de payer une faute passée. Jusqu'à ce que le Père Glaube découvre la petite, la tête collée à la grille de l'école primaire, buvant des yeux les allées et venues des maîtresses dans les classes, visibles depuis la cour. Interrogée sur les raisons de sa présence, elle ne sut répondre que par un long regard triste. La pensant débile, le prêtre n'insista pas et reprit son chemin. Dieu ou sa mauvaise conscience lui firent regretter son geste et le lendemain poussèrent ses pas vers l'école. Le lendemain et tous les jours suivants jusqu'à ce que la petite réapparaisse. La providence satisfit son opiniâtreté et remit sur sa route Hannah dont il découvrit la surdité. Comprenant tout ce que cela impliquait, le prêtre entra en contact avec ses parents leur proposant de lui donner des cours au sein de l'école dont il avait charge d'âme. En bons protestants suspicieux devant la Foi catholique, ils refusèrent et expliquèrent que pour travailler un champ de pommes de terre, nul n'avait besoin d'études. C'était sans compter leur fille. Chaque jour, après son travail au champ, elle se rendait à l'institution Sainte-Marguerite et suivait les cours donnés par le Père Glaube. Elle apprit le langage des signes grâce aux livres achetés par le brave homme ainsi que tout ce que doivent connaître les enfants pour espérer une ascension sociale. Elle fit même la connaissance de Johann, qui décida d'apprendre, lui aussi, ce langage si particulier que peu de gens connaissaient. Au fil des mois, elle s'extrayait de son univers fait de silence pour entrer dans celui de la communication. Elle devint une enfant gaie, souriante, accorte, et fit oublier à ses parents sa désobéissance. À dix-sept ans, ils la marièrent au propriétaire de leurs terres affermées, veuf depuis peu. Elle se soumit parce que ses parents espéraient entrer en possession d'une parcelle, symbole d'autosuffisance, et parce qu'elle était la monnaie d'échange. Un héritier en échange d'un lopin. Niklas, le propriétaire, accepta le troc et son âme fut glorifiée par tant de bonté. Hannah, quant à elle, entra dans le vaste cercle des femmes violentées et humiliées par un époux brutal et alcoolique. Pourtant, Johann avait prévenu le futur époux : en cas de comportement inacceptable, il l'égorgerait. Pour toute réponse, Niklas lui avait ri au nez. Revenant de ses classes, Johann découvrit l'enfer vécu par son amie et, chose promise, chose due, on retrouva le mari la gorge ouverte sur la route principale. Le crime crapuleux fut privilégié, l'argent dont il était toujours pourvu ayant disparu. Devenue veuve, Hannah ne put rester sur l'exploitation, les enfants du premier lit prenant les rênes. Elle fut donc envoyée, sur les conseils du Père Glaube, à la capitale pour y trouver une place de domestique chez une comtesse de sa connaissance.

La gouvernante en titre apprécia fort peu la jeune fille, jugée trop « rustique » et peu en adéquation avec la renommée de la maison, mais elle reconnut, les semaines passant, les avantages liés à sa robustesse et son handicap. Infatigable, Hannah apprit le métier sur le tas, sut tenir sa place et acquit la confiance de sa maîtresse. Suffisamment pour se trouver, en ce jour, au cœur des décisions. Une domestique manquant, l'intendant de la villa fit appel aux ressources locales pour compenser l'absente. L'apprenant, la comtesse proposa Hannah.

– Est-elle discrète ?

– Hannah est sourde.

– Mais c'est parfait !

La sonnette s'agita. Munie de son chariot, elle entrouvrit timidement la porte de la salle de réunion.

– Entrez, entrez ! lui lança le ministre de l'Économie, nous avons besoin de café ! Ici, les cerveaux chauffent !

Elle entra et fit son service auprès des douze représentants de l'État. Elle avait reconnu le ministre de l'Économie, celui de la Justice et celui de la police, car on les voyait souvent dans la presse. Les autres lui étaient inconnus. Discrètement, elle servit café, petits pains beurrés et marmelade sans que cela perturbât le moins du monde les débats. En lisant sur les lèvres, elle happa quelques bribes d'informations qu'elle s'empressa, à son retour, de relayer au château.

– Des rats ? Êtes-vous sûre ? l'interrogea la comtesse dubitative.

Hannah acquiesça.

– Je comprends mal une réunion politique pour cela.

– Ma chère, figurez-vous que si des rats sont en ville, ils vont pulluler et répandre des maladies. L'action du gouvernement, au contraire, me semble saine, expliqua le comte.

Hannah confirma les dires du comte en racontant que les domestiques de la rue voisine avaient surpris une dizaine de rats tourner autour des déchets des restaurants.

– Ont-ils parlé d'autres choses ? questionna le comte.

« Le ministre de l'Économie a dit qu'il venait d'établir un plan avec les industriels les plus importants afin d'embaucher de la main-d'œuvre. Le ministre des Transports a dit qu'il allait se concerter avec eux pour faciliter les déplacements. Enfin, je suppose que c'est cela, car je n'ai pu lire que quelques portions de phrases. Mais il était question de main-d'œuvre et de transport. Après, je suis sortie donc je ne sais pas ce qu'ils ont dit d'autre. »

– Ah ! voilà une bonne nouvelle, s'extasia le comte. Je savais que ce gouvernement tiendrait compte des remarques faites par l'industrie. Nous manquons de bras, ma chère ! Ma foi, si cette réunion porte ses fruits, nous allons entrer dans une ère nouvelle ! Pour fêter cela, Hannah, veuillez me servir un cognac et un porto pour Madame.

Hannah fit une courte révérence et servit ses maîtres. Elle était fière d'avoir assisté à une réunion si importante, elle, la petite fille sourde venue de Souabe.

Le 20 juin 1942, à Wannsee, le sort des Juifs d'Europe était scellé.

LA LÉGENDE DE SAMUEL

(Concours Fontenoy la Joute)

Il pandicula avec délice sur le seuil de sa porte. Le soleil était déjà haut dans le ciel ce matin-là annonçant une nouvelle journée de chaleur. Pas de celle des mois à venir, sèche et brûlante, digne du désert. Non. Une chaleur douce et régénérante, celle des floraisons, du réveil de la nature animale et végétale. Il aimait de façon très égoïste être le premier levé et profiter des premiers rayons qui tombaient sur lui et qui, selon son voisin, étaient une bénédiction. Il se mit à sourire. Son voisin. Un menuisier de grand talent et un conteur hors pair. Chaque situation, chaque remarque, chaque phrase, chaque événement étaient source d'inspiration pour cet homme. Il se mettait alors à parler du bien et du mal au travers de récits humains, mythologiques. À force de l'observer, Samuel avait remarqué qu'il enseignait aux enfants. L'école était ouverte à tous en ville, mais tous n'y allaient pas. Soit pour aider leurs parents, soit par manque d'intérêt ou du fait de difficultés. Son voisin croyait en la connaissance. Il y croyait d'ailleurs tellement qu'il estimait nécessaire de la partager. Il expliquait la bonté de l'homme, l'existence du mal, la nécessité de comprendre et d'analyser, le bonheur de se laisser porter et d'être aimé. L'amour. Celui de l'autre, celui d'une épouse, d'un mari, d'enfants, d'une famille ou d'un clan. Pour cet homme tout était amour. Samuel, au début, s'était amusé de sa façon de parler et de son insistance à voir de l'amour partout : quand on achetait son pain, quand on s'adressait à quelqu'un, l'amour était partout même entre l'État et ses citoyens. Cela avait fini par l'intriguer cette fascination pour ce sentiment que chacun éprouvait sans forcément l'exprimer jusqu'à ce qu'il remarque qu'il n'y avait pas de père à la maison. Pas de père depuis longtemps, son voisin l'ayant perdu alors qu'il était enfant. Il comprit alors que l'amour dont il parlait était celui qu'il avait reçu de son père et que sa mère continuait à lui porter. Ils étaient beaux tous les deux : le fils prenant soin de sa mère en travaillant dur et la mère admirant ce petit garçon devenu homme. Son père devait tellement lui manquer qu'il voulait enseigner aux autres l'importance d'aimer. Il enseignait aussi la valeur du travail et de l'accomplissement de soi. Au début de leur installation, ils furent la risée du quartier, mais au fil du temps, chacun se prit d'affection pour ce couple si soudé et si bienveillant envers les autres. Et puis, il racontait de si belles histoires ! Toutes avec une morale. Les enfants l'adoraient parce qu'il ne faisait pas de reproches, parce qu'il était patient avec eux en répondant à toutes leurs questions effaçant ainsi les inquiétudes, les angoisses. À toutes les friponneries dont ils étaient capables, il avait une histoire pour les remettre dans le droit chemin. Par reconnaissance ou par admiration, certains venaient l'aider dans sa menuiserie et profitaient ainsi de tous les contes qui sortaient de sa bouche. D'autres aidaient sa mère aller chercher l'eau. Sara, l'épouse de Samuel, lui avait dit un jour que depuis leur arrivée le quartier était une oasis de félicité. Elle n'avait pas tort. Samuel aimait beaucoup son voisin et c'est avec une certaine impatience qu'il espérait son retour. Il était parti livrer des commandes depuis une semaine et n'était pas encore revenu. Mais aujourd'hui, il aurait aimé l'avoir à ses côtés au moment de la proclamation des résultats du concours. Samuel n'était pas un orgueilleux, mais il espérait que cette année il arriverait à la première place et non à la troisième ou quatrième à laquelle il était habitué.

Tous les ans, depuis trois générations au moins, l'État organisait un concours mettant en concurrence les artisans de la région. Un concours pas bien sérieux, ma foi. L'objectif était d'animer la ville, de réunir les gens et de faire la fête. Quelque chose de convivial et d'amusant. Depuis trois générations, chaque profession était mise à l'honneur pendant une année. Et cette année, c'était celle des forgerons. L'an passé, c'était celle des boulangers. L'année d'avant, celle des menuisiers à laquelle son voisin s'était classé sixième. Le grand-père de Samuel avait gagné la première année du concours des forgerons grâce à un essieu qui avait été posé sur un char qui avait remporté une course. On avait fêté le conducteur et on avait fêté le forgeron lui assurant ainsi un carnet de commandes assez bien rempli. Le gagnant, un peu comme chez les Grecs lors des olympiades, était non seulement récompensé par une bourse substantielle, mais il était ovationné par son quartier et en devenait le héros pour un an. Samuel espérait surtout devenir un héros aux yeux de ses enfants et de son épouse. Celui qui aurait gagné en cette année le concours de... Et puis, il aurait fait honneur à sa lignée : son père était arrivé deuxième pour le concours du meilleur couteau et lui était arrivé troisième pour celui du fer à cheval et quatrième pour un décor en fer forgé. Il espérait la première place même si le thème était totalement farfelu : des clous. Il fallait forger des clous. Samuel, et sans aucun doute tous les autres forgerons de la région, avait été abasourdi par le choix du magistrat de la ville. Il n'y a rien de noble ni de glorieux à forger des clous. C'est le quotidien de n'importe quel artisan maîtrisant l'eau et le feu. Il y avait eu d'autres concours farfelus avant celui-ci : une boucle de ceinture qui ne devait pas pouvoir s'attacher ; un pain qui devait coller aux dents ; du vin qui devait faire des bulles. Les habitants de la région en avaient déduit que le magistrat avait parfois envie de s'amuser et il fallait reconnaître que les années de ces concours au thème curieux étaient les plus joyeuses et que la population prenait énormément de plaisir à y participer. L'étonnement passé, Samuel s'était dit qu'il serait doublement vainqueur. Il remporterait la première place et serait fêté par les gens de son quartier pour avoir réussi à vaincre ce drôle de défi. Malgré son calme apparent, il était très fébrile. Baigné par les rayons du soleil, il se remémora les semaines et les mois passés à réfléchir aux clous. Il savait qu'il devait en réaliser douze dont quatre avec une particularité. Quatre qui devaient se différencier des huit autres.

– Tu as du talent, tu trouveras, l'avait rassuré son voisin alors que Samuel se désespérait.

– Ce sont des clous ! Il n'y a rien de fascinant ou de difficile à réaliser des clous ! J'en fais des centaines par jour !

– Même la chose la plus infime à son histoire à raconter. Ce que nous construisons aujourd'hui aura une répercussion plus tard. À nous de réaliser le plus beau et le meilleur pour laisser une trace. Tu entreras dans la légende avec des clous, parce qu'ils seront spéciaux, parce que tu leur auras consacré ton labeur, ton talent et ils feront ta gloire pour l'éternité en ce monde comme en celui d'après.

Samuel s'était laissé bercer par la douce voix de son voisin et avait repris courage. À tel point qu'il avait réussi à forger douze clous, dont quatre différents. Il se rappela avoir été très nerveux en les apportant au magistrat, et il se rappela également l'éclair d'admiration qu'il lut dans ses yeux. Toute la journée Samuel marcha de long en large dans sa forge travaillant distraitement à ses commandes. Son cousin vint en courant en début d'après-midi lui annoncer que le magistrat avait fait arrêter son voisin et venait de le faire condamner.

– Il est accusé de faire concurrence aux enseignements autorisés par l'État !

– C'est totalement stupide !

– Il s'est fait des ennemis au sein de l'administration d'État. Et puis à son âge, il n'a fondé aucune famille et tu sais à quel point une femme et des enfants sont symboles de respectabilité.

– Il me faut parler au magistrat ! Je suis sûr que je peux le faire changer d'avis.

– Alors je t'accompagne.

Les deux cousins se rendirent au palais de justice et apprirent que le magistrat était sur le lieu d'exécution. Ce dernier était rarement utilisé et toujours pour de graves accusations. Ils prirent donc la direction de la colline pour convaincre l'homme de justice de ne pas jeter l'opprobre sur une mère et son fils. Tout en marchant, ils avaient préparé leurs arguments. Infaillibles selon eux. Lorsqu'ils arrivèrent au pied de la colline, ils eurent à franchir une foule très dense. Encore plus dense que pour les habituelles condamnations. Les deux cousins appréciaient peu le pouvoir de vie et de mort de l'État, mais à chaque fois, les condamnés étaient de dangereux personnages. Ce devait être encore le cas.

– Et bien, je ne sais pas qui on a exécuté aujourd'hui, mais il est célèbre !

Jouant des coudes, les deux cousins se rapprochèrent du lieu des supplices et se mirent à questionner les badauds pour savoir s'ils n'auraient pas vu le magistrat. Après maintes réponses négatives, on leur indiqua le sommet de la colline. Ils firent un dernier effort et atteignirent enfin les hauteurs. Le magistrat, sentant des remous derrière lui, se retourna et reconnaissant Samuel lui offrit un large sourire.

– Ah ! Voilà le vainqueur de cette année ! Ton travail a été particulièrement apprécié ! ajouta-t-il en montrant du doigt les suppliciés.

Samuel leva les yeux et poussa un cri d'horreur.

En ce mois d'avril 33, recroquevillé au pied de la Croix, Samuel le forgeron entra, pour l'éternité, dans la légende.

LE LOCATAIRE

(Concours La nouvelle George Sand)

Le jour venait de se lever sur Paris. Il venait, enfin, de poser le point final à son roman. Il se déplia et pandicula avec jouissance.

– Ah! Aujourd'hui, Paris, tu es à moi! Finis les petits boulots, fini le métier de scribouillard! Aujourd'hui, je serai écrivain ou je ne serai pas. Vous verrez, vous tous, qui est le plus grand, vitupérait-il dans son appartement.

Douze ans. Cela faisait douze ans qu'il s'était installé, contre l'avis paternel, dans ce Paris d'Eugène Sue, d'Hugo. Dans ce Paris si romantique et si révolutionnaire à la fois. Dans ce Paris du pire comme du meilleur. Il avait quitté sa province tout frais émoulu de son collège, diplôme de droit en poche persuadé que seule la capitale pourrait lui offrir la carrière d'écrivain dont il rêvait depuis son enfance. Sa mère avait pourtant essayé de le convaincre de rester dans la région, mais pour finir écrivain local avec un éditeur local et des critiques dans un journal local avec un lectorat local ? Non ! Esprit vif, il avait été repéré par ses maîtres et par ses enseignants qui avaient encouragé son appétit littéraire tellement rare à cette époque. Sa mère avait financé la création de sa bibliothèque tandis que son père avait exigé des études solides en vue d'un métier solide. Aussi, quand il s'était présenté devant lui pour lui annoncer son désir de s'installer à Paris afin de satisfaire ses ambitions d'écrivain, ce dernier avait craché tout son mépris quant à cette pseudo-profession.

– Un métier doit nourrir son homme et sa famille. La bohème, c'est bon pour les fainéants.

Cependant, il l'avait laissé partir en lui faisant comprendre qu'il lui faudrait se débrouiller seul. Vibrant d'espoir, pétri d'images d'Épinal sur la capitale, convaincu de sa gloire prochaine, il était parti le cœur léger et le bagage mince. Il se voyait déjà en haut de l'affiche et en tête de liste des meilleures ventes quand il s'installa dans son premier logement à proximité de Notre-Dame. Ah ! Notre-Dame ! Celle d'Hugo, d'Esmeralda ! Il rêvait d'un ouvrage de cette trempe. Un ouvrage qui assoit son homme dans le cercle littéraire, qui ouvre les portes, toutes les portes : éditeurs, soirées mondaines, débats, cafés. Tout. Tout à sa portée, rien que par sa plume. Car il en avait une. On le lui avait tant répété que cela ne pouvait être que vrai. De toutes les façons, il lui fallait une plume pour prouver sa valeur, affirmer sa personnalité et écraser son père. Toutefois, il déchanta assez vite et son enthousiasme s'effaça au profit du cynisme et de la rancœur. Le monde de l'édition n'était pas ce qu'il croyait. Dès le début, son œuvre prolifique se heurta à des refus. Il en déduisit, non pas que son style fût mauvais, mais que les thèmes qu'il étudiait n'étaient pas les bons. La philosophie ne paie pas, sauf à s'appeler Descartes ou Pascal. Or, il était féru de philosophie. Tout pour lui était philosophie : la société, les sentiments, l'économie, la politique et il s'était mis en tête d'être un écrivain philosophe, par passion et pour se démarquer. Sauf que cela ne se vendait pas. Alors, quand les fins de mois devinrent difficiles et que payer le loyer devint impossible, il eut recours aux petits emplois offerts aux étudiants maîtrisant le droit. Il fut avoué de notaire, mais se refusa à abandonner l'écriture. Il écrivait donc le jour et la nuit. L'écriture de jour était bassement alimentaire tandis que celle de la nuit n'était que pur plaisir. Dépensant plus qu'il ne gagnait, il dut changer de logement. Plus commode, plus petit et donc moins cher, il dénicha un deux-pièces chez Madame Germaine, veuve d'un cordonnier dont les faibles revenus l'obligèrent à louer une partie de sa maison. Elle hésita longuement pesant le pour et le contre : un locataire volubile contre le risque de loyers impayés. La verve du jeune homme eut raison de ses réticences. Sa verve et ses premiers articles de presse : des piges, des critiques, dans un style plein de panache qui compensait le style de vie dispendieux.

Il logeait ainsi, depuis huit ans, dans les deux pièces du premier étage tandis qu'elle occupait le rez-de-chaussée. Il aimait bien cette logeuse. Elle, au moins, croyait en son talent. Malgré la rémunération régulière, il arrivait, parfois, que le loyer ne soit pas payé. Pour se faire pardonner, en attendant des jours meilleurs, il offrait de courts textes à sa logeuse en lui expliquant qu'un jour ils vaudraient une fortune. Ce qu'elle finit par croire quand il fut sollicité pour rédiger de vrais articles de fond pour la presse. Elle aimait bien son style, même si elle ne comprenait pas tout. Après avoir essayé la poésie et le théâtre qui furent tous les deux des échecs, il s'était rabattu sur les nouvelles et les contes qu'un journal avait accepté de publier quand il y avait une page à combler. Il lui arrivait également de rédiger quelques critiques sur de nouveaux auteurs. Critiques souvent acerbes, car l'absence de reconnaissance dont il était victime exaspérait son animosité à l'encontre des écrivains édités. Même si ces derniers méritaient leur succès, pas tous, mais certains sans doute, la jalousie était toujours la plus forte. Encore plus quand il s'agissait de ses amis, de ceux qu'il côtoyait au quotidien ou qu'il recevait dans son deux-pièces.

Cette année-là, une de ses amies avait été éditée par celui-là même qui venait de lui refuser un roman. Il avait rédigé la critique dithyrambique de ce nouveau roman avant de regretter ses paroles quand il constata que l'éditeur ne voulait pas de lui. Et pourtant son roman n'avait rien de philosophique. C'était un roman. Comme il se doit. Avec les caractéristiques d'un roman : des personnages, une intrigue et un dénouement. Il porta les yeux sur la critique qu'il avait écrite.

– « Je ne connais rien de plus simplement écrit, de plus délicieusement conçu ». Dire que j'ai écrit ça ! Quelle quiche ! Mais cette fois-ci, ma toute belle, je vais te coiffer au poteau. Ce sera mon roman que l'on publiera et non le tien.

Écrire était devenu vital. Pour éponger les dettes. Car endetté, il l'était, fortement même et depuis six ans. Il soldait péniblement, au compte-gouttes les créances d'une publication à compte d'auteur, et se trouvait toujours aux abois. Lui qui s'était rêvé en nouveau Victor Hugo était, ce matin-là, persuadé de détenir l'œuvre qui le ferait entrer au Panthéon des écrivains. Cette nuit, en effet, la Muse était venue. Elle ne l'avait pas quitté et avait guidé sa main tout au long des pages qu'il avait remplies de son écriture maladroite et brouillonne. Il le savait, ce nouvel opus allait lui rapporter non seulement la gloire, mais l'argent dont il avait un besoin pressant afin de liquider le passé. Aussi, lorsque l'inspiration se présenta au coucher du soleil, avait-il tonné depuis le premier étage :

– Du café !

Madame Germaine avait alors levé les yeux au ciel et lui avait apporté une tasse et deux cafetières remplies. Elle n'avait jamais vu quelqu'un consommer autant de café.

Elle n'avait jamais vu quelqu'un écrire autant. Elle n'avait jamais vu quelqu'un avoir le verbe aussi haut, avoir le ton aussi retentissant, avoir la culture égale à un puits sans fond, toujours à se remplir de peur de manquer. Elle aimait les soirées passées à l'écouter lire ses textes, à l'écouter faire des projets ; elle entretenait ses espoirs, le consolait à chaque refus, s'enthousiasmait à chaque article écrit par lui. Il échafaudait des plans, elle applaudissait. Ils avaient besoin l'un de l'autre, en réalité. Lui, parce qu'elle entretenait sa passion et le rassurait, et elle, parce qu'il égayait sa vieillesse. Le seul défaut qu'elle pouvait lui reprocher était les tâches qui jalonnaient la table et le sol. Elle grommela son mécontentement, il lui offrit plusieurs contes rédigés uniquement pour elle. Elle n'avait vu que des ratures, des tâches et une écriture toute petite et illisible. Elle plaignit l'imprimeur qui devait transformer ce brouillon infâme et informe en un ouvrage relié. Mais elle accepta l'offrande de son protégé.

« Les ratures sont les virgules de la pensée, lui avait-il un jour expliqué avec emphase. Elles montrent le cheminement de la réflexion, elles expriment la volonté, elles reflètent le travail acharné. J'aime les mots et leur sens ; j'aime décrire, analyser, commenter, démontrer et raconter. Raconter la vie, raconter les gens. Dénoncer aussi. Oui, dénoncer l'absurde, l'injustice, le grotesque. Dénoncer l'argent et le profit. Je veux montrer le cœur humain noyé dans la graisse sociale. Le ridicule de la société et sa noirceur. »

Ce matin-là, lorsqu'il quitta son logement, manuscrit en main, il savait que la gloire était à sa portée. Ce matin-là, quand elle le vit quitter son logement, elle se rappela qu'elle avait oublié, la veille, de lui demander de rentrer les fagots, nécessaires pour raviver les braises de la cuisinière, et désormais mouillés par la pluie de la veille.

Le 19 septembre 1833 paraissait sous forme de feuilleton « Eugénie Grandet, histoire de province ». Le 19 septembre 1833, Madame Germaine à court de brindilles pour ranimer son feu utilisa les feuilles manuscrites de son locataire, en se disant qu'il devrait peut-être se trouver un pseudonyme, peu convaincue qu'Honoré de Balzac soit un nom digne d'un écrivain.

MERCI MARGARETH !

(Concours Magazine Lire Librinova)

– Ah ! Ma douce amie ! Quel merveilleux cadeau vous me faites là ! Merveilleux, que dis-je, somptueux !

– Cessez donc de vous moquer.

– Mais, point du tout, s'offusqua-t-il sincèrement. Je suis aux anges.

Sa femme soupira, toutefois amusée de le voir si joyeux.

– Je suis au-delà du ravissement, ce qui ne semble pas être le cas de notre voisin.

Il regarda goguenard un homme de grande taille, savamment vêtu et fixant d'un regard vide son téléphone.

– Ma douce, on dirait une poule devant un couteau.

– Chéri !

– Mais si ! Regardez, il fixe son téléphone qui vibre et il ne fait rien. En principe, on répond, mais lui, non.

– Ce n'est vraiment pas le moment de répondre, me semble-t-il, lui fit-elle remarquer.

– Ah, ça.

Ils abandonnèrent leur voisin pour se concentrer sur la reine Elizabeth II qui venait de franchir le seuil du nouveau musée dédié à Churchill et à la période de la Seconde Guerre mondiale à Londres. Madame Thatcher, consciente de l'importance de ce moment dans l'histoire britannique, avait ouvert les salles du Cabinet War Rooms en mille neuf cent quatre-vingt-quatre. Abandonnées depuis mille neuf cent quarante-cinq, elles reprenaient vie après quelques années de combat et la volonté inébranlable du petit-fils de Churchill. Constatant que pour la majeure partie des Anglais ce nom évoquait plutôt une chaîne de restaurants, il avait sollicité de l'État la création d'un musée en mémoire du grand homme. Les responsables des musées anglais avaient fait d'une pierre deux coups en utilisant les salles inoccupées des souterrains pour offrir au public le vrai visage du gouvernement anglais pendant cette guerre et ainsi enseigner voire rappeler le lourd tribut payé par la population anglaise dont on ne pouvait que s'enorgueillir.

Apprenant la prochaine inauguration par la reine, Clémentine, consciente de la passion de son mari pour cette période historique, avait fait jouer son réseau de connaissances pour lui offrir la visite inaugurale. Ils s'inclinèrent sur le passage de la reine et prirent place dans le cortège.

– Au moins, il y en a un que la vue de Sa Majesté n'a pas traumatisé, s'indigna quelque peu son mari en voyant son voisin toujours l'œil fixé sur son téléphone.

– Ne jugez pas aussi rapidement. C'est sûrement pour de bonnes raisons qu'il le regarde.

– Ouais, il doit penser qu'on peut répondre par télépathie.

Il éclata de rire puis se reprit quand il entendit les premiers mots du guide. La reine découvrit, en compagnie de ses invités, la Map Room dans laquelle les plus grandes décisions avaient été prises.

– Non, mais, c'est fantastique ! Tout est en état ! Regardez ma mie !

Son mari ne contenait plus son enthousiasme. Il se mit à commenter chaque carte, à raconter tout ce qu'il savait à son voisin au téléphone, aussi peu intéressé qu'une poule pouvant l'être par un vélo. Mais suffisamment poli pour faire montre d'une fausse attention. Elle vit son mari arpenter la pièce de long en large, racontant les batailles, leur déroulement, il se prit tellement au jeu qu'il loupa le départ de la reine pour la salle suivante, celle des téléphones.

– Ah ça ! Ce n'est pas votre machin ! Ici, c'était du direct avec les États-Unis ! Ça ne rigolait pas. L'Angleterre parle à Roosevelt, proclama-t-il imitant le ton des Français de Radio Londres. Croyez-moi, mon ami, beaucoup de choses se sont décidées ici. Beaucoup de choses dans cette petite salle avec ce petit téléphone sur cette petite chaise. Ah ! Si les murs pouvaient parler !

Il raconta alors les longues heures de discussion pour préparer le D Day ; les ordres et contre-ordres qu'il fallait gérer dans la minute ; l'application des idées sur les cartes. Après un long moment passé à décortiquer le passé, ils quittèrent la pièce pour une enfilade d'autres salles présentant la vie quotidienne du gouvernement dans les souterrains. Le public et la reine visitèrent les dortoirs, la cuisine et apprirent que la nourriture était issue de boîtes de conserve ; ils admirèrent la chambre, quelque peu spartiate du Premier ministre et celle de son épouse, joliment décorée ; le quotidien difficile s'étalait sous leurs yeux, jusqu'au pot de chambre de Churchill.

– Finalement, se rétracta-t-il je ne sais pas si faire parler des murs serait une bonne idée.

Sa femme sourit à sa remarque.

– C'est incroyable, cette vie sous Londres. Qui pourrait imaginer, dit-elle d'un ton admiratif.

– En effet, qui pourrait imaginer la folie, l'ambiance électrique, le manque de sommeil, enchaîna-t-il, l'effervescence, les espoirs déçus et l'attente. Je crois que c'était elle le pire. L'attente de l'improbable qui le serait suffisamment pour permettre au gouvernement de réaliser l'impensable. Ah ! Ma douce Clémentine, que d'histoires dans ces souterrains ! Que d'heures sombres aussi.

Sa femme l'écouta distraitement se demandant plutôt ce que pouvait bien penser la reine. Cette dernière avait vécu cette période à sa façon, sans faillir. Du vrai sang royal coulait dans ses veines, du sang et de l'honneur. Comme lisant dans ses pensées, son mari se mit à décrire à son voisin, peu expressif, leur reine.

– Mécano, mon ami, mécano ! Voilà ce que fut notre reine à dix-huit ans pendant cette période noire. Elle a partagé la misère de son peuple et ça vous en bouche un coin hein ? Elle aurait pu aller se planquer, mais non ! Les deux mains dans le cambouis et voilà. C'est grâce à des femmes comme elle que vous vivez en paix ! Que vous avez vos jolis costumes, une belle maison, un téléphone dont visiblement vous ne savez absolument pas vous servir ! Le peuple anglais a eu sa part de malheur pour que le monde vive en paix et vous n'imaginez même pas le prix qu'il a fallu payer pour cela.

Il se rembrunit.

– Dresde, Rouen, Caen, il a fallu faire des choix ; les moins mauvais pour parler vulgairement ; les plus durs. Mais nous l'avons obtenue, cette foutue paix. Du sang et des larmes, voilà ce qui avait été promis et voilà ce qui a été tenu. Mais c'est dingue ! Clémentine ! Il n'écoute absolument rien de ce que je lui dis ! s'énerva son mari.

Sa femme, plus pragmatique, suggéra qu'il devait chercher qui pouvait bien l'appeler.

– Dans ce cas, qu'il décroche, tudieu !

– Oh ! Modérez votre langage ! Et je vous rappelle que la reine est là. Ce serait quelque peu lui manquer de respect.

– Et bien qu'il le range et qu'il attende d'être dehors pour décrocher ! Non, mais lui, quatre ans dans les souterrains, on en faisait une momie !

Ils abandonnèrent leur voisin pour poursuivre la visite. La vie de Churchill s'étalait sur leurs yeux : photos, discours, enfance, vie politique.

– Encore un qui a eu la vie facile, ironisa son mari devant la demeure du duc de Marlborough. C'est tout de même magnifique, non ?

– Je préfère Chartwell, réfléchit Clémentine. Une demeure liée vraiment au grand homme, parce que conçue par lui.

Il regarda sa femme avec une bouffée de tendresse dans les yeux. Il avait été député si longtemps qu'il en avait oublié le proverbe « derrière chaque grand homme se cache une femme épuisée ». La reine termina sa visite et la clôtura par un petit discours dans lequel elle se remémora l'homme de terrain, le fin politicien et l'homme aux traits d'esprit que chacun à la fois craignait et admirait.

– Oui, je ne serais pas allé jusque-là, parce qu'une fois la guerre finie, on l'a vite remercié, pépère ! On a gagné la guerre grâce à vous, on est en paix, merci d'être venu, place aux autres, râla son mari.

– Ne soyez donc pas rancunier.

Il faisait semblant de bouder quand il croisa de nouveau son voisin au téléphone.

– Avez-vous un tant soit peu retenu quelque chose de votre visite, jeune homme ? J'en doute. Et si vous répondiez à cet appel qu'on sache enfin qui vous insiste pour vous parler ?

– Mon cher ami, j'apprécierais que vous cessiez vos pitreries.

– Mais point du tout ! J'ai vraiment envie de savoir qui est au téléphone !

– Winston Spencer Churchill, vous êtes aussi insupportable mort que vivant, soupira Clémentine Churchill.

– Peut-être, mais aujourd'hui ce sont les quarante ans de ma mort et j'estime qu'on pourrait faire un effort pour se souvenir de ma personne ! Et ça se trouve, c'est de Gaulle qui appelle ! Parce que ça, il sait faire, appeler !

– Churchill, rouspéta sa femme, cessez de vous amuser. Vous savez pertinemment que vous ne pouviez rien l'un sans l'autre.

– Ouaip, mais ici, c'est mon musée et je dis ce que je veux !

– Non, mais pire qu'un enfant, soupira Clemmie.

L'ancien Premier ministre anglais, tout sourire aux lèvres, et sa femme laissèrent la reine et son cortège quitter le musée et bras dessus bras dessous s'offrirent une deuxième visite de ce qui commémorait les quatre années de gouvernement de celui que les Anglais venaient de nommer « le plus grand Anglais de tous les temps ». L'homme au téléphone, quant à lui, finit par décrocher pour découvrir que c'était une erreur de numéro, lui qui craignait une nouvelle tâche administrative barbante ou l'annonce d'un krach boursier. En montant dans sa voiture, il se demanda bien d'où lui venait l'odeur tenace de cigare qu'il avait sentie tout au long de la visite.

LE RENARD ET L'INQUISITEUR

(Deuxième prix Bibliothèque de Montbron,

CREN Nouvelle Aquitaine)

1634

La salle comble pour assister à son procès ne le rendait pas peu fier. C'était la deuxième fois qu'il passait en justice et ce serait sans doute la dernière. Parce qu'il avait autre chose à faire que de satisfaire la soif de gloire et de pouvoir des inquisiteurs. Une pièce sombre, des tentures noires, des torches, rien de tout cela ne l'effrayait. Ni la mise en scène macabre ni le silence pesant qui se faisait sentir dans la pièce. Du déjà-vu. Enfin presque. Lors de son premier procès, il y avait nettement moins de luxe.

– L'Église a donc fait un effort rien que pour moi, s'amusa-t-il.

Il devait sans doute avoir quelque chose de grave à se reprocher ; il se demandait bien quoi, mais sans trop s'inquiéter. L'inquisiteur entra avec toute la pompe liée à sa charge.

– Il ne manque que les licteurs, se moqua-t-il intérieurement.

Le représentant de l'Église annonça qu'il était mandaté par le roi.

– Allons bon, cela est nouveau.

Pour mettre un terme à l'infamie qui touchait la région et dont l'accusé était responsable.

– L'infamie, l'infamie, comme il y va, lui.

Le réquisitoire, auquel il ne prêta qu'une oreille distraite, habitué qu'il était de la rhétorique ecclésiastique, commença. Rhétorique classique dans laquelle, d'ailleurs, lui-même excellait. Tout en fixant l'inquisiteur d'un regard goguenard, il capta quelques mots.

– Je suis comme quoi ? Le **renard roux ?** Parce que depuis des années je feins et je ruse ? C'est quoi cette comparaison malheureuse ? Un renard. Voilà autre chose. Je ruse, c'est nouveau ça. Je ne ruse pas, cher ami, j'utilise le don que Dieu m'a fait. À quoi sert de bien parler si l'on ne peut en user. Et je ne ruse pas. J'enjolive peut-être, je détourne, j'améliore, oui, mais ruser, non. Il y a bien trop de perfidie dans ce terme et quoi qu'en pense le roi, je reste un honnête homme, fidèle à ses principes et convictions. Alors, d'accord, parfois, j'ai peut-être, éventuellement, abusé des bonnes âmes et de leur crédulité. Mais ils sont si naïfs aussi ! On peut leur faire croire ce que l'on veut pourvu qu'on y mette les formes. L'éloquence est **tout un art** et il n'y a pas mort d'homme à être beau parleur pour améliorer sa pitance, si ? Moi, je pense que non. J'ai peut-être un peu menti, mais c'étaient de petits mensonges. De tout petits mensonges. Rien de méchant.

L'inquisiteur continuait sa diatribe à l'encontre de l'accusé.

– Allons bon, revoilà la comparaison avec le renard. Me voilà roublard, fourbe et retors. Et tout ça parce que j'ai vendu des reliques qui n'étaient pas celles de Sainte Madeleine. Je me demande ce que l'on dirait à Saint-Louis ! Après tout, qui prouve que la couronne ramenée de Jérusalem est bien celle du Christ ! Avec le nombre de crucifiés que l'Empire romain a produits, elle peut très bien être celle d'un autre. Tout comme le morceau de croix trouvé par Hélène, mère de Constantin. Je ne voudrais pas créer la polémique, mais si c'est le seul argument de l'Église, il est très facile à contrer. Quitte à être accusé de blasphème.

L'inquisiteur, lui, poursuivait son accusation sans faillir. L'attitude silencieuse de l'accusé le confortait et c'était d'une voix forte et ferme qu'il enchaînait les reproches.

– Alors celle-là, je ne l'ai pas vue venir ! Me voilà débauché ! De mieux en mieux. J'imagine donc que derrière se cache un mari jaloux. Alors oui, d'accord, peut-être ai-je séduit et été séduit par des demoiselles mariées. Quant à parler de débauche, il y va un peu fort. Je rappelle tout de même qu'elles étaient consentantes, que nous nous aimions, certes, de façon totalement inappropriée, mais que je n'ai jamais menti à ces jeunes dames et que je n'ai jamais abusé ni de leur corps ni de leur intelligence à mon propre profit. J'ai simplement laissé s'exprimer un instinct un peu primaire. Mais quand on sait que nous passions plus de temps à discuter qu'à faire autre chose, je trouve l'accusation un peu dure. Il en aurait été autrement si j'avais fait le tour des maisons de passe, mais là, on parle de dames, nobles qui plus est. Se seraient-elles amourachées d'un débauché ? Évidemment non. Laissons donc cela et passons à la suite parce que j'imagine bien qu'il va m'en sortir une dernière. Gagné ! Je termine donc en étant un démon. Forcément. J'ai envie de dire « balaie devant ta porte ». Parce que m'accuser de tourmenter les âmes pures quand l'Inquisition utilise volontiers la question, c'est grotesque. Alors comme ça, je blasphème et je mens au nom de Dieu ; j'utilise Dieu pour satisfaire mes bas instincts et mon appétit de puissance ? Ah, mais je crois qu'il va falloir que je rappelle certaines choses quand il me laissera la parole si jamais il me la laisse. Parce qu'il me semble bien que le pardon des péchés pendant les croisades ne soit pas de mon fait. Parce qu'il me semble bien que c'est un pape qui a promis le pardon de tous les crimes commis au nom de Dieu. Et je serais curieux de savoir à quel moment dans les écrits, Dieu a exigé que l'on trucide en son nom. Parce que c'est bien facile de se cacher derrière lui pour tuer : les croisades, la Saint-Barthélemy, mais quand on réfléchit, qui en a le bénéfice ? Les fidèles, qui doivent payer des indulgences pour obtenir le pardon de leurs tout petits péchés quand la noblesse échappe à la règle contre une bourse bien remplie ? Martin Luther avait pleinement raison. Je ne me rappelle pas non plus que le Christ ait vécu dans l'opulence contrairement à son représentant à Rome ou alors il faut que je revoie mon catéchisme. Quant aux protestants, à quoi bon les avoir fait tuer pour placer à la tête du royaume le plus catholique d'Europe l'un d'entre eux ?

Il s'interrompit dans ses pensées quand il vit que l'inquisiteur avait terminé. Il espérait pouvoir prendre la parole afin de se défendre, mais il dut attendre la litanie des témoins qui se succédèrent. Il put ensuite riposter et, maîtrisant parfaitement l'art de la parole, il débouta chacun de ses accusateurs. À tel point que certains reconnurent avoir menti. Par vengeance, par jalousie, par ignorance, mais ils avaient menti. Un tout petit mensonge, disaient-ils. L'inquisiteur ne se départit cependant pas de ses convictions. Il reprit son accusation et lui donna un tout autre sens quand il prononça le terme de sorcellerie. Alors l'accusé sut que c'était peine perdue. La sorcellerie est le dernier rempart derrière lequel l'Église se cachait quand elle était en tort ou en mal de puissance. Mais par bravade, par courage, par esprit libre, il contra chaque point et gagna.

– N'est pas démon celui qu'on croit, clama-t-il haut et fort, vous ne pouvez me pendre pour cela !

– Tu as raison. Tu ne mérites pas la pendaison.

Le 18 août 1634, Urbain Grandier, curé de Loudun, périt sur le bûcher au nom de la raison d'État.

LA BONNE FORTUNE

(Concours Saint Pol sur Ternoise)

– De travers !

– Quoi ?

– De travers ! Ta coiffe est de travers.

– Et alors ?

– Alors une mariée se doit d'être parfaite le jour de son mariage.

– Ça tombe bien, je n'ai pas envie de me marier.

La mère leva les yeux au ciel.

– Mais oui, bien sûr.

– Absolument ! répondit la jeune fille.

– Marguerite, arrête tes enfantillages. Nous en avons moult fois parlé. Et je te rappelle que tu étais d'accord.

– J'étais d'accord, j'étais d'accord, vous m'aviez promis un bel époux !

– Et ?

– Et ? Mais il est laid !

– Mon Dieu, ce n'est que cela !

– Que cela ! J'ignore ce qu'il vous faut ! Je n'ai jamais vu homme plus laid.

– Peu me chaut. Il est l'époux qu'il te faut.

– Qu'il vous faut.

– Qu'il faut à notre famille pour faire perdurer son héritage et faire croître son entreprise.

– Et je dois me sacrifier ?

– Comme toutes les femmes de notre société. Les mariages d'amour sont un leurre. On se marie pour créer une famille, transmettre un patrimoine, renforcer des alliances. Pour l'amour, tu attendras d'avoir mis votre premier enfant au monde — un fils de préférence — puis tu prendras un amant.

– Mais votre mariage à vous était heureux !

– Oui, j'aimais ton père. Et je ne suis point allée voir ailleurs. Mais si ton époux ne te convient pas, je t'autorise à enfreindre les règles de la fidélité pour peu que cela ne se sache pas. Veux-tu bien remettre ta coiffe !

– Mais elle ne tient pas ! C'est un signe !

– Un signe de rien du tout, tu ne fais que bouger.

– J'en ai assez ! Je veux aller me promener.

– Tu iras quand tous les essayages seront finis. Tu te maries demain, tu dois être parfaite.

– Et si je refusais de me marier ? Après tout, c'est mon frère l'héritier, pas moi.

– Marguerite, tu es épuisante. Tu te marieras, point.

Marguerite donna un coup dans sa coiffe et se mit à bouder.

– Alors, fit une voix derrière elles, on peut voir la mariée ?

– Henri !

– Mes hommages, sœurette. Que voilà de beaux atours !

Marguerite rougit.

– Tout se passe bien ? demanda Henri connaissant sa cadette.

– Ta sœur joue les enfants gâtés.

– Vraiment ?

– Non, c'est faux ! Je fais valoir mes droits de cadette !

– Qui consistent ?

– À refuser ce mariage, expliqua sa mère.

– Allons, allons, ma douce Marguerite. Le plus beau parti s'offre à toi, tu ne peux le refuser. Imagine le nombre de jeunes filles de la bonne société qui vont t'envier ce bonheur.

– Je leur laisse bien volontiers la place, dit rageusement la future mariée.

– Elle est vraiment contre ce mariage, on dirait, dit pensivement Henri.

– Et comment ! Il est laid !

– Ce n'est que cela !

– Que cela ! Que cela ! Mère et toi ne voyez-vous pas que vous m'offrez le Purgatoire !

Son frère partit d'un grand éclat de rire.

– Si ce n'est que le Purgatoire, je prendrai les armes pour te défendre.

– Ah voilà, fit Marguerite en toisant sa mère.

– Une fois que tu seras mariée, ma chère sœur, pas avant. Ton mariage est une immense opportunité. Je sais qu'il ne te plaît pas, mais il est riche, puissant, influent et en ces temps obscurs, nous avons besoin de lui pour continuer d'exister. La concurrence est rude et nous ne sommes pas à l'abri d'un mauvais tour.

– Et pourquoi est-ce moi qui devrais l'épouser ?! continua sa sœur, le visage renfrogné.

– Tu ne voudrais quand même pas que je l'épouse ?

– Mais n'importe quoi. Nous avons plein de cousines !

– Des cousines, oui. Tu es ma sœur. Toi seule peux m'apporter ce dont j'ai besoin. Ce dont nous avons besoin, insista-t-il.

– Alors je prendrai plein d'amants, mère m'a donné l'autorisation.

Henri regarda, étonné, sa mère.

– Si c'est la seule promesse pour qu'elle se présente devant l'autel sans rechigner, soupira sa mère.

– D'accord, tu auras plein d'amants, mais avant tu devras me dire sur qui se porte ton choix.

– Et pourquoi ?

– De façon à ce que tu choisisses ceux qui me seront utiles.

– Rho ! Je...

– Marguerite, il suffit ! tempêta sa mère. Finissons ces essayages !

La jeune fille grommela.

– Dis-toi que peut-être il ne te trouve pas à son goût, la taquina son frère.

– Pas à son goût ? Pas à son goût ? cria presque sa sœur. Je ne suis pas laide, moi ! Et je ne sens pas des pieds !

– Que ?

– Oui ! J'aurais pu me faire à sa laideur, en fermant les yeux, mais là... Il pue des pieds !

– Marguerite ! s'offusqua sa mère.

– Mais c'est vrai !

– Je vais voir ce que je peux faire, temporisa son frère.

– Vraiment ?

– Oui. Je sais le sacrifice que je te demande, j'en ai besoin, mais je peux au moins essayer d'adoucir ta nuit de noces.

Marguerite sauta au cou de son frère.

– Allez sœurette, foin que tout ceci. Demain est un grand jour et crois-moi, mon ange, on se souviendra de ton mariage ! Je te le prédis ! Surtout si ta coiffe est de travers ! ajouta-t-il hilare.

Tirant la langue à son frère, Marguerite remit sa coiffe en place sous les yeux blasés de sa mère.

Le lendemain 18 août 1572, Marguerite de Valois épousait, de sinistre mémoire, Henri III de Navarre.

L'ÉTIQUETTE

(Concours Séverac-le-Château)

– Veuillez attendre votre tour, je vous prie. Vous êtes baronne, je suis duchesse.

L'injonction était lancée sur un ton si hautain que la jeune fille recula de trois pas. La pluie s'était mise à tomber, d'abord en fines gouttelettes puis dru. De quoi transformer ce jour d'été en journée maussade propre à l'amertume, aux propos acerbes. La jeune fille venait d'en faire les frais, même si elle se demandait bien pourquoi sa vieille voisine tenait à ce point à garder sa place. Elle aurait dû être ravie de la proposition. Mais non.

– De toute façon, on risque bien de finir noyées avant d'arriver, grommela-t-elle.

Elle commençait à avoir froid, à avoir mal aux pieds à force de rester debout, à force de piétiner sur des pavés devenant humides et glissants, au milieu des relents d'odeurs indéterminées et désagréables. Sans compter ce bruit, lointain au départ, mais de plus en plus proche au fur et à mesure où la file avançait.

– Et quand bien même ! La préséance est l'apanage de notre rang ! Ce qui nous sépare du commun ! Ce qui fait honneur à notre caste !

La jeune fille répliqua que le titre n'était pas inscrit sur le front des gens offusquant sa voisine.

– Tudieu ! D'où sortez-vous ?

– De Saint-Cyr.

– J'aurais au moins espéré qu'on vous apprît un minimum à Saint-Cyr. Mais que peut-on attendre d'une fondation née de l'esprit d'une roturière élevée au rang de marquise parce qu'elle savait user de ses atours intellectuels, si tant est qu'elle en eût ? À quoi vous servent la littérature, le calcul et toutes ces sortes d'aberrations si vous ne savez pas distinguer la noblesse vraie et pure quand vous la voyez ? Il vous manque l'essentiel : maîtriser les Codes. Saisir qui est qui afin de garder son rang. On ne s'élève pas avec l'esprit, mais avec le respect des règles. Voyez-vous la femme qui me précède ? Elle est marquise, en dessous de mon rang. Savez-vous pourquoi je la laisse me précéder ? Parce que c'est une La Rochefoucauld, ma petite, la plus vieille noblesse de France. Il est donc normal qu'elle me précédât. Notre bon roi Louis le Quatorzième n'avait-il pas dit : « Les peuples sur qui nous régnons, ne pouvant pénétrer le fond des choses, règlent d'ordinaire leur jugement sur ce qu'ils voient au-dehors, et c'est le plus souvent sur les préséances et les rangs qu'ils mesurent leur respect et leur obéissance ». Nous devons appliquer ces règles. À chaque instant. Lors du grand couvert, vous auriez été debout et moi à la table de la reine. Il en est ainsi depuis le premier des Valois et il en demeurera ainsi jusqu'à la fin des temps.

Sa voisine la regardait avec deux yeux arrondis. Une seule femme pouvait parler ainsi en de telles circonstances. Longtemps, elle avait cru qu'il s'agissait d'un mythe. Mais non. Elle existait en chair et en os et il fallut que cela tombât sur elle.

– Je vois que vous venez de découvrir qui je suis. Oui, parfaitement, Madame l'Étiquette. Loin de m'insulter, ce sobriquet m'honore. Je suis née baronne et je mourrai duchesse. Qui peut se prévaloir d'une telle ascension ? La Maintenon ? Laissez-moi rire. Une hérésie protégée par la religion. Le titre ne fait pas tout. Regardez notre écervelée de reine. Grande famille et d'une stupidité à pleurer. Inculte, imperméable au savoir-vivre de la Cour. La noblesse, poursuivit-elle, est un art de vivre, un mode de pensée, un titre né d'un passé, une histoire à transmettre dont il faut retenir les enseignements. Regardez-moi : héritière d'une longue lignée : les Sévérac par les femmes, les Armagnac et les Arpajon. Ce que j'en retiens ? Ne jamais aller contre le roi. Déodat III en 1214 a eu la bêtise de le faire. Il fut rappelé à l'ordre par Simon de Montfort. Ignorant son ordre, il se réfugia dans sa forteresse de Sévérac et se crut à l'abri. Château imprenable par la force, mais facile à affamer. Le Croisé l'avait bien compris qui occupa le bourg et attendit tranquillement que la disette s'installât obligeant Déodat, tel Vercingétorix, à se rendre. Quel fieffé gredin ce Montfort ! Il pillait au nom de Dieu et refusait que l'on pille au nom de Déodat. Mais quand les barons comprirent que leur intérêt était la cause du roi, ce dernier leur confia la surveillance des routes royales et la richesse, née de fructueux échanges, s'incrusta définitivement dans la roche du château. Or, la richesse apporte pouvoir et respect. Il est évident que vous ignorez de quoi je parle puisque c'est la pauvreté qui vous a conduite à Saint-Cyr. La pauvreté de votre rang. Je pourrais vous aider à vous élever, et de belle façon, pour peu que vous chassiez de votre tête les inepties apprises dans ce couvent. Je vous apprendrais à redresser la tête lorsque vous allez par-delà les ruelles acheter dans les échoppes ; à saluer le commerçant en femme de haute lignée ; à vous imposer dans les discussions au moment voulu.

Elle soupira. La file était encore longue devant elle.

– Sévérac. Vous connaissez ? Non, bien sûr. J'y ai peu vécu finalement, mon rang exigeant d'être au service de la reine. Mais j'éprouve de la fierté à en être la châtelaine. Quand on franchit l'une des portes fortifiées, on entre dans un monde. Celui des familles qui ont fait la France. On le sent dans les ruelles, c'est écrit sur les façades en pierre. Le bourg respire le respect dû aux d'Arpajon. J'aimais flâner au milieu des tisserands, négocier le prix d'une pièce de drap. J'aimais rappeler aux habitants à qui ils appartenaient. Notamment, accompagner mon époux à la maison des consuls oublieux de leurs devoirs. J'avoue, fit-elle en minaudant, que mon endroit préféré était l'échoppe d'une tisserande. Jeanne, je crois. Oui, c'est cela, Jeanne. Elle filait et tissait des étoffes d'une rare beauté. J'aimais me présenter de façon impromptue, enfin impromptue, facile à dire toutes les rues ont le même point de départ et le même point d'arrivée, donc forcément elle savait que j'arrivais. Elle me présentait ses tissus, je marchandais et je partais avec mon prix. Même Jeanne respectait les règles. Sa maison était biscornue, mais son attitude était la droiture incarnée. Vous savez, c'est ça le plus important : se rappeler l'origine de notre puissance. La petite Autrichienne avec son comportement de fermière n'était pas à la hauteur des filles de France et de leur passé. Les Sévérac ont fait de mauvais choix — soutenir les Anglais contre la Couronne, quelle idiotie ou sont devenus protestants, quelle imbécillité —, se sont disputés autour d'un héritage et puis quoi ? Le château est toujours là. La seigneurie est toujours là. Notre nom perdurera. Pourquoi ? Parce que nous avons été le vivier des armées du roi ; parce que nous avons été les plus fidèles serviteurs de la Couronne. Même le roi fit appel à moi ! ajouta-t-elle soudain se remémorant un souvenir récent.

La jeune fille tressauta lorsque le bruit tant craint se rapprocha. Madame l'Étiquette crut que c'était une invitation à poursuivre et se lança.

– Le roi nous fit venir, la reine et moi dans son antichambre. Il avait un dilemme à résoudre. Comme d'habitude en fait, mais là, il voulait demander l'avis de la reine. Il voulait briller devant elle surtout. Il était tellement fier de pouvoir exposer son opinion sur ce projet scientifique. Autant parler à un miroir ! Elle n'y comprit goutte et le roi se tourna alors vers moi. « Qu'en pensez-vous ? » me dit – il. « Je me range à l'avis de Sa Majesté. Le biseau me semble le plus adapté », ai-je répondu.

Ah, enfin, c'est mon tour ! Il était temps, nous allions périr de froid. Vous savez, dit-elle à l'adresse de l'homme qui se tenait à sa gauche, j'ai conseillé le roi sur ce projet.

C'était dit avec une telle fierté que l'homme se demanda si l'attente ne l'avait pas rendue folle. Depuis le temps, il en avait entendu des phrases saugrenues, mais celle-là, il ne l'avait pas vue venir.

D'un pas allègre, Anne Claude Louise d'Arpajon, comtesse de Noailles, princesse de Poix, duchesse de Mouchy, dite Madame l'Étiquette, découvrit le 27 juin 1794, quand le couperet tomba, que la lame en biseau était de loin la plus efficace.

L'ANGE DE LA MORT

(Exercice Masterclass)

Brésil. 1979.

Il était devant son tableau depuis tellement longtemps qu'il commença à avoir des crampes. Il s'assit sans quitter des yeux les schémas épinglés sur le mur.

C'est tout de même dingue, pestait-il. J'y suis presque ! Il m'aurait fallu quoi ? Encore quelques mois pour trouver le lien. Pourquoi est-ce que le cobaye L n'a pas développé la même forme que le cobaye M ? Ils sont de la même portée, ils ont les mêmes géniteurs. Je ne comprends pas. Pourquoi L a développé plus vite l'infection et M moins vite et pourquoi M a-t-il eu plus de symptômes violents que L ? C'est incompréhensible.

Il se leva de nouveau et arpenta son bureau.

Pour P et O, on a la même diffusion, les mêmes symptômes, mais O est mort avant P, à une semaine d'intervalle. Bon, ça, c'était la nutrition. G et K l'ont prouvé. Mais L et M ? Est-ce que sans le faire exprès, on a inoculé plus de bactéries à l'un ? Est-ce qu'entre le moment où on a injecté la solution à L, celle de M a muté ? Ridicule !

Il s'agaça fortement de cette énigme. D'autant plus qu'il n'avait pas pu mener son expérience à son terme.

Dix ans. Dix ans de recherches pour s'arrêter brusquement parce que des hordes de sauvages ignares et incultes déboulaient. Il avait fallu partir et ne rien laisser derrière soi. Ils auraient tout détruit ! Si encore, ils avaient été lettrés, il aurait pu travailler pour eux, mais non. Une bande de paysans armés, c'est tout ce qu'ils étaient. J'ai donné ma vie pour la médecine, pour améliorer les soins, supprimer les maladies, comprendre leur logique de diffusion, de multiplication, leur impact sur le corps. Une vie pour rien ! Ah, ce n'était pas l'époque de Vésale ou de Paré ! Là, la science avait une réalité, un sens ! Bon, évidemment, fallait éviter l'Église.

Il sourit.

L'Église. Une drôle d'institution. Faites ce que je dis, pas ce que je fais. Vésale et ses cadavres. Paré et ses soldats. Lui et ses cobayes. Une même ferveur, un même dévouement pour la science, une même abnégation. Et que de vies sauvées ! Qui dit ça ? Le Coran ou la Torah ? Quiconque sauve un homme, sauve l'humanité. Je sais plus. Moi, je dis, les cobayes sauvent l'humanité. La face sombre de la médecine. Tellement nécessaire.

Il fit les cent pas.

Pourquoi L n'a pas fait comme M ?

Il grommelait, marmonnait des paroles incompréhensibles, récitait sa leçon : l'air entre par là, il va là puis là, pour passer par là ; les poumons sont composés de...

Une litanie de découvertes scientifiques envahit la pièce. Il s'était passionné pour la médecine après avoir entendu les théories de l'eugénisme. Cette volonté d'expliquer l'humain par la génétique ! Du pur génie. Enfant, il s'était amusé à observer les adultes l'entourant, cherchant les points communs, les différences et le pourquoi des différences. Une forme de prédestination sans doute. La mort d'une petite-cousine lui fit se poser sa première question médicale : de quoi est-elle morte ? Alors qu'on essayait d'atténuer son éventuelle souffrance en lui parlant de Dieu, lui, se précipitait à la suite du médecin et buvait ses paroles. Ainsi la mort avait un sens. Une fois adulte, il se consacra à la médecine. Tromper la mort, retarder ses effets, voilà quel avait été son but. Voilà à quoi il formait ses internes à l'université. Voilà à quoi servaient ses recherches. Influencé par ses lectures, par les nouvelles théories issues du darwinisme social, il se consacra à l'amélioration du sort de l'humanité. Comment empêcher le développement du noma ; comment expliquer l'hétérochromie. Mais, il avait dû stopper net. Quelle frustration.

Rah, ça m'énerve ! Je vais aller nager, le sport libère l'esprit. Au retour, je m'y remets. Ou alors, j'écris enfin ma thèse. Bon, on verra.

Joseph Mengele ne trouva jamais pourquoi son cobaye L n'avait pas développé la même infection que son cobaye M.

MA VIE DE CITROUILLE

(Exercice Masterclass)

Mais ! Enfin ! Mais ! Eh oh ! Il se passe quoi là ? Ouh ouh !
Oh, pardon ! Je ne vous avais pas reconnue. Faut dire au
débotté en pleine soirée, cela surprend. Que puis-je pour
vous ? Que je ? Sans rire ? Je ne voudrais pas contester
votre autorité, loin de moi l'idée, mais cela ne vous
semble pas quelque peu incongru ? Non, parce que moi,
mon truc, c'est plutôt m'étaler dans le jardin. C'est un
peu ma place. Ou à la limite dans une assiette, mais le
transport en commun ne s'acclimate pas réellement avec
mon état. Non, mais je comprends au vu de ma forme.
Cependant... Bon, si vous insistez. Et alors, cela va
consister en quoi ? Ah. Je ne suis pas très fan des bals.
Bruyants, odoriférants de mauvaise façon. Oui ? C'est
pour Cendrillon. Dans ce cas, je cède. Je dois donc faire
quoi ? Ah quand même. Vous êtes sûre que je peux le
faire ? Si vous le dites. Une dernière chose avant que
vous ne vous lanciez : est-ce que cela va faire mal ? Oui,

non, parce que vous allez trouver que je chipote, mais je n'aime pas trop avoir mal. Non ? Rien ? Pas même une morsure ? Bon, ben ça va. Je suis prête.

Ouch ! Ça fait pas mal, ça fait pas mal, tout dépend de quel côté de la baguette on se trouve ! Je me sens bizarre d'un coup. Comme grandie. Et élargie. Euh, c'est moi ou ça tangue ? Non, ça tangue. Ouh là, je suis pas habituée, moi. Oups. Je crois que je vais vomir. Qu'est-ce que ? Ah, oui, bien sûr des chevaux. Logique. Ça tangue moins on dirait. C'est parce que je suis reliée aux chevaux. Ah. Faut quand même s'accoutumer. Parce que je rappelle que je vis au sol, moi, et que là, je le trouve un peu loin. Je suis pas trop haute, là ? Vous êtes sûre ? Comment les humains peuvent-ils vivre si haut ? Le sol, c'est bien, on est sûr de pas tomber.

Et maintenant, on fait quoi ? On attend. Ah. Et au fait, j'avance comment ? En roulant ? Bien sûr. Et je fais comment ? Non, je ne fais pas dans l'humour, je suis une citrouille. On me plante, on m'arrose, on m'élague, on me cueille, on me coupe, on fait de moi de la purée, mais on ne me roule pas. Vous vous êtes des souris. Courir est votre ADN. Moi, je me languis, j'absorbe l'humus, je hume l'eau, je bois les nutriments, je ne cours pas. Je roule avec mes tiges, c'est ça ? D'accord, j'ai compris l'idée. Faudra y aller mollo au début, hein, le temps que je saisisse.

Rhaaa, qu'elles sont laides. Non, mais si. Je veux dire, c'est vrai que normalement je ne vois que leurs pieds, vu d'en haut, c'est pire que ce que je pensais. Vraiment. Les pieds aussi longs que le nez. Les dents, ouah, y'a pas de mots et bonjour la dégaine. Je vous préviens, elles ne montent pas. Pas de ça chez moi. Hein ? Ah, ce n'est pas pour nous. Cendrillon part de son côté ? D'accord. C'est mieux.

Rhooo qu'elle est belle ! Une robe de lucioles ! Ah, non, ce ne sont pas des lucioles. Pas grave, ça brille quand même. De mille feux. Elle est trop belle. Les deux mochetés auraient mieux fait de rester chez elles. Elles vont le sentir passer.

Et c'est parti ! Oh eh, doucement les gars, laissez-moi prendre le rythme. Voilà. Ouch. Aïe. Ouch. Bonjour l'état du sol. Des bosses, des creux, des cailloux. Ça ne vous tenterait pas des routes carrossables ? Juste pour voir. C'est joli dehors. J'avoue que vu du ciel, c'est beau une route la nuit. Même la forêt sombre bruisse de lumière. Ouch ! On est arrivés ? Ben, merci de prévenir ! Je me suis pris le train arrière. Sympa.

Bon, on fait quoi ? On attend ? Ah. Dans ce cas, appelez-moi Charles. Non, rien, une vanne de jardinier. C'est la classe, cette maison. Ce château, oui pardon. Z'ont de la lumière partout. Et cette musique ! Trop belle. Ça change des deux qui chantent comme des scies à métaux. C'est facile, vous pouvez aller vous promener dans la forêt, mais moi, je ne bouge pas. Quand elles ne viennent pas me piétiner les feuilles, elles me cassent les oreilles que je n'ai pas. Ce n'est déjà pas facile la vie, c'est pas obligé d'en faire un enfer pour les autres. Ce sont des gardes là ? Ils gardent quoi ? Ah. Des fois qu'il y en ait un qui se débine avant la fin ! Oh, ça va, on peut rigoler. Ce n'est pas tous les jours que je suis carrosse. Et tant mieux. Non, parce qu'il y a un truc, pendant tout le trajet qui a fait que de me gratter. Ouais, c'est pénible. D'habitude, j'ai un hérisson qui vient m'épouiller. Vous êtes sûrs que je n'ai rien ? Bon, ben, je ne sais pas. Mais ça me gratte.

Vous croyez que ça va durer longtemps ? Non, ça va, je tiens le choc, c'est juste qu'on n'a pas grand-chose à faire. Oh, l'autre là ! Carrosse rouge vif ! Comment je me la joue ! On le voit à l'autre bout du royaume. Et celui-là ! On dirait un fourgon mortuaire. Ah, c'en est un. C'est moche. De toute façon, c'est nous qu'on est les plus beaux. Nan, mais si. Les plus beaux pour la plus belle. J'espère qu'elle va bien s'amuser. Qu'on n'a pas fait ça pour rien. On fait ça pour quoi, au fait ? Ah. Le prince. Connais pas. Je connais, Fernand, le jardinier et Auguste le palefrenier, sinon le prince, jamais vu. Il habite ici depuis longtemps ? Toujours ? Eh ben. Vous en savez des choses. Ouais, normal, les trous de souris ont des oreilles. Nous, dans le jardin, on entend simplement la nature. Les humains ne viennent que pour nous manger. On n'a pas le temps de faire de la politique.

Ben, ce n'est pas elle, là, d'un coup ? Pourquoi qu'elle court ? Oh là, doucement ! Oui, c'est bon, c'est bon, on y va ! Punaise, les gars ralentissez un peu ! Comment ça faut se dépêcher ? Y'a pas urgence ! Si ? Minuit ? Comment voulez-vous que cela me parle ! Je suis une citrouille à la base, je rappelle. Le temps, moi, il se décompte en saison. Attention au virage ! Moins une et on se prenait un orme. Pas sûre que je l'aurais bien vécu. Ça me gratte là ! Un peu trop fort, même. Mais

Cendrillon, arrête de te retourner ! Ça fait tanguer la monture. En plus, on a semé tout le monde. Attention, à la bosse ! Ouch ! Alors là, je suis sûre que je me suis déplacée des vertèbres. Je suis bonne pour l'ostéopathe. Attentionnnnn ! Eh ben, c'est passé près. Je suis sûre que j'ai une éraflure. Pff, je vais encore me récupérer des pucerons qui vont se glisser dans la fente. Crotte. Je n'aime pas les pucerons. Ça gratte. Dites, on va rouler encore longtemps à cette vitesse ? Arriver avant minuit ? Bon. Je ne comprends pas, mais faisons.

Tadaaa ! Pile aux pieds de Marraine Ma Bonne Fée. Trop forte. Mais, mais, que se passe-t-il ? Je me sens toute drôle. Je régresse ? Je rétrécis ? Ah, non, je redeviens citrouille. Ah. Ben, c'est fini alors ? Et donc, on a réussi un truc au moins ? Elle a quoi ? Perdu sa pantoufle. Ah. Ben, je ne sais pas quoi dire. Oui, oui, je retourne au potager. Merci, Marraine Ma Bonne Fée, ce fut une très belle expérience. Enfin, je crois.

Salut, tout le monde ! Non, je n'ai pas découché ! Vous n'auriez pas remarqué la présence d'une personne spéciale ce soir ? Genre une grande robe et une baguette. Oui, voilà. Comment ça pourquoi elle m'a choisie et pas toi ? Comment ça, c'est parce que je suis grosse ? Un régime ? Non, mais ça va bien ! Que voulais-tu que Marraine Ma Bonne Fée fasse ? Qu'elle te choisisse ? Non, mais tu rêves ! Ça ne pouvait être que moi. Oui, Madame, parce que je ne suis pas une courge, moi !

PAR-DELÀ LES NUAGES

(Exercice Masterclass)

– Rien ne serait arrivé si je n'avais pas changé de coiffeur !

– De quoi parlez-vous mon ange ?

– De votre comportement ! s'indigna-t-elle tout en posant son chapeau et accrochant son manteau à la patère. Comment un homme de votre qualité a-t-il pu s'abaisser à de telles pratiques ? Vous ! Un Lord !

Son épouse était visiblement très en colère. Fronçant les sourcils, il se demanda bien d'où pouvait venir une telle ire.

– Clemmie chérie, que me reprochez-vous ? interrogea-t-il doucement afin de mettre un terme à la diatribe qui n'en finissait pas.

– Ce que je vous reproche ? Ce que je vous reproche ? Winston ! Nous n'étions pas invités !

Il s'arrêta un instant devant son fauteuil, se retourna et la regarda.

– C'est donc cela ?

– Ce « cela » comme vous dites est un manque notoire d'éducation ! Avec votre attitude de ce soir, nous ne serons plus jamais invités nulle part !

– Est-ce donc si grave ? Vous n'aimiez guère les soirées mondaines.

– Là n'est pas la question ! rouspéta-t-elle encore plus fort. Nous sommes les Churchill !

Il s'assit le sourire aux lèvres.

– Justement, ma douce amie, si nous nous sommes invités, c'est pour expliquer à cette charmante dame qui vous avait quelque peu agacée chez le coiffeur que nous ne sommes pas n'importe qui. Vous remarquerez, du reste, que personne ne nous a mis à la porte.

– Encore heureux ! Un homme de votre trempe ! Je n'aurais pas dû changer de coiffeur. Maintenant, nous allons être la risée du monde. Même la reine ne voudra plus nous recevoir !

– Doux Jésus, vous semblez tenir à votre place dans la société.

– Il ne s'agit pas de cela, répondit, un peu adoucie. Vous êtes le Premier Ministre !

– Clemmie, j'étais le Premier Ministre, la reprit-il affectueusement.

– Je vous en prie, mon ami, vous l'êtes toujours. Cette femme et sa remarque... Ce n'est pas admissible. Certes, vous savez vous rendre insupportable, mais de là à vous dénigrer, à vous rabaisser ! Ce n'est pas acceptable. Pas après tout ce que vous avez fait.

Il sentait une profonde douleur chez son épouse et en fut fort marri.

– Mon ange, nous lui avons rendu la monnaie de sa pièce. Nous sommes venus. Et nous y retournerons. Nous pouvons aller et venir à notre guise, à présent.

Elle lui sourit tendrement.

– Vous avez raison. Il n'empêche, oser dire que « Churchill ne saurait pas quoi faire » ! Quel manque de...

– D'intelligence. Cette femme est liée à son époque. Elle ne voit le monde que par le petit bout de la lorgnette. Aucune connaissance des tenants et aboutissants d'une décision. Elle ignore ce que diriger veut dire.

Elle le vit s'assombrir.

– Dunkerque a effacé les Dardanelles, tenta-t-elle de le rassurer.

– Il n'a pas effacé les morts.

– Mon ami, vous avez toujours su prendre les bonnes décisions. Au plus fort de la tempête, vous avez été le phare qui a guidé le peuple, qui a guidé la reine. Elle vous doit sa couronne et les Britanniques, la paix.

– Elle doit la couronne à son père, répondit-il amusé. Ce fut une bien sombre période, en effet.

– Celle qui s'annonce n'a pas l'air mieux. Avez-vous entendu ce qu'il se disait à l'autre bout de la table ?

– Mhm. Le monde est étrange. Il se repose sur un passé dont il ne veut plus, mais dont il prépare le retour.

– C'est aussi effrayant que cela ?

– Ce n'est guère encourageant. Les couloirs du Parlement bruissent des élections américaines, on craint la Russie plus encore, la Chine inquiète. Non, rien de bien agréable.

– Il faut agir !

– Ma douce amie, le monde n'est plus le même. En 40, nous avions l'avantage de n'être que deux adversaires, connus et reconnaissables. Maintenant, le rideau de fer protège d'un esprit bien plus fort : l'obscurantisme qui cache la soif de pouvoir d'individus sans scrupule. Nos politiciens sont devenus carriéristes. Ils voient à court terme, choisissent le moins mauvais déclenchant l'irréversible ailleurs. Ce dont on se fiche parce que c'est ailleurs. On fait la politique de l'Autruche parce que personne ne veut revivre 40. Comme je les comprends. Comme ils me font peur à s'obstiner à ne pas voir le danger.

– Nous sommes perdus alors ! s'exclama affolée son épouse.

Il lui sourit, indulgent.

– Nos enfants sauront agir pour le bien de tous. La reine et sa famille. Sans doute les Britanniques dans leur ensemble. C'est dans notre sang : défendre notre île. Mais serons-nous assez si la terreur se répand ?

– Nous pourrons compter sur nos Alliés !

– Au vu de ce qu'il se passe de l'autre côté de l'Atlantique, je ne miserais pas sur eux. Roosevelt, Kennedy, passe encore, mais ce qui arrive, trop imprévisible. Les Français ? En 40, ils ont été là, le peuple a été là. Le gouvernement a abandonné. C'est bien tout le problème. Le Grand Charles les tenait, les encourageait, les animait d'une foi réelle dans la démocratie, mais maintenant ? Leurs hommes politiques sont de moins en moins des hommes politiques. Ou plutôt si, mais pas dans le bon sens. Ils n'ont jamais été en situation d'urgence et sont tellement bureaucrates qu'ils mettront un an avant de prendre une décision, pensant d'abord aux effets qu'elle aura sur leur carrière avant de comprendre qu'ils ont été élus pour le peuple et sa sécurité.

Cela fait trop longtemps que l'Occident n'a pas été en danger. Tant mieux. Mais à force de vivre dans l'opulence, dans le bien-être, les nouvelles générations oublient à qui et à quoi elles le doivent. Regardez notre bunker ! Il est visité et qu'entend-on nous ? Des inepties. À longueur de journée. Nous appartenons au passé, Clemmie, un passé dont nul n'a plus le moindre souvenir. Le danger est bien plus présent, ignoré de tous, aveuglés par la fée électricité et ses bienfaits.

– Nous ne pouvons rester à ne rien faire ! décida-t-elle soudain.

Se levant, elle se mit à faire les cent pas.

– Vous seul pouvez réveiller la classe politique.

– Clemmie...

– Non, non, ne m'interrompez pas. Vous devez revenir en politique. Cette retraite n'a que trop duré. Vous revenez, vous êtes de nouveau Premier Ministre et vous alertez le monde. Vous aidez la reine à gouverner, vous allez dans les universités pour former la jeunesse. Winston ! C'est décidé, demain nous irons au Parlement pour prévenir votre parti de votre retour. Ou mieux ! Je vais organiser un dîner avec les membres les plus sûrs de votre parti. Puis nous demanderons audience à la reine. L'obscurantisme n'a qu'à bien se tenir, Winston Churchill est de retour !

– Vous êtes incroyable, finit-il par articuler, admiratif. Vous trouvez une solution à tout en oubliant l'essentiel. Toutes ces années passées à vos côtés n'ont pas altéré votre beauté ni votre enthousiasme. Vous êtes mon Joyau.

– Winston Spencer Churchill, cessez ces flatteries qui ne vous siéent guère. Flatteries fort mal venues au demeurant, ajouta-t-elle la mine boudeuse.

– Vraiment ?

– Oui ! Je vous ai vu murmurer à l'oreille de notre hôtesse !

Il éclata de rire.

– Jalouse en plus ! Qui voudrait d'un vieux machin comme moi ! Je lui disais que sa dinde était plus farcie que son cerveau.

– Winston ! Vous n'avez pas osé ? !

– Si. Sa conversation était insipide, ne parlant que de la famille royale. Comment une femme peut-elle avoir aussi peu de réflexion ? Remarquez, son mari n'est guère mieux. Il veut empêcher les avions de voler afin de protéger la nature. Quel idiot ! Comment va-t-on faire pour le thé ? On va en planter dans le Royaume-Uni ? Et on va dire à l'exploitant de thé, de café, de bananes, d'ananas, non merci, tes produits on n'en veut plus pour protéger la planète. De quoi vont vivre ces populations ? Deux bananes, ça cale. S'ils doivent s'enfiler un régime complet, bonne chance ! Cela dit, c'est nourrissant, peut-être cela supprimera-t-il la faim dans le monde.

– Pitié ! Gardez votre cynisme. Ils cesseront les plantations pour planter de quoi se nourrir.

– Super. Et nous au lieu du thé, on boira du whisky irlandais et de la bière. Ouh, joie et bonheur.

Elle rit aux éclats.

– Vous êtes insupportable. Heureusement que notre hôtesse ne vous a pas entendu !

– Bien sûr que si. J'ai même ajouté que son pâté lorrain était excellent.

– Winston !

– Mais, il était excellent !

– Bon, dressez-moi la liste de ceux que nous devons inviter.

– Clemmie chérie, cela ne servira à rien.

– Ah non ! Pas de défaitisme ! Demain, nous...

– Non, mon ange, pas demain. Demain, nous avons un groupe de touristes français. Je ne voudrais pas les rater, ils sont si drôles.

– Rho ! Winston, ce sont des enfantillages. Dressez-moi votre liste.

– Clemmie chérie, elle ne sera d'aucune utilité.

– Winston...

– Chérie, vous êtes la femme la plus formidable qui soit, la plus énergique, la plus patiente, mais la plus tête en l'air aussi. Nous ne pouvons rien faire. Rien de rien. Parce que cela fait plus de quarante ans que nous sommes morts...

– Ah, mince, j'avais oublié. Bon, je vais faire la poussière. Et pas de commentaires ! Ce n'est pas parce que nous sommes morts que je dois laisser le bunker partir à vau-l'eau.

Souriant, il se plongea dans le journal.

– Poutine deux mandats possibles jusqu'en 2036. Eh ben, c'était bien la peine qu'on se batte pour la démocratie…

BOB N'EST PAS CELUI QU'ON CROIT

(Exercice Masterclass)

Les yeux rivés sur la carte de visite, il déboucha sa sixième bière de la soirée. Mais pas de la semaine. Depuis qu'il l'avait croisée, enfin non, depuis qu'elle s'était baissée pour lui parler alors qu'il cuvait son alcool sur le trottoir, ses nuits étaient devenues un enfer. Il était tranquille à mariner dans son jus, englué dans sa vie de citoyen de seconde zone, parce que c'est ce qu'il était, un citoyen de seconde zone, quand elle avait surgi, cachant les nuages. Elle s'était adressée à lui avec un débit de mitraillette, mais dans un anglais parfait. On n'entendait même pas une pointe d'allemand.

Adriana Pitelberg. Journaliste à je sais plus quel journal allemand. Il se pencha sur la carte pour lire Frankfurter Allgemeine Zeitung.

Connais pas. En même temps, je ne connais pas grand-chose. Pas eu le temps. Pas eu l'opportunité. Pas eu le droit surtout. Seulement celui de bosser dans les mines.

Et le bâtiment. Ils sont pratiques les Autochtones dans le bâtiment, ils n'ont pas le vertige. Tu le savais, ça, Adriana, qu'on n'avait pas le vertige ? Non. Ça t'intéresse pas. Toi, tu es venue, toute frémissante, flairer le scandale. Ce n'est pas un scandale, ma belle, c'est une honte. Une infamie.

Il termina sa bière d'une traite.

Pourquoi es-tu venue ?

Il était en colère. En colère qu'elle vienne soulever le passé, balayer la poussière planquée depuis des années sous le tapis, réveiller des douleurs immenses, tues par tant de générations et niées par l'État.

Tu le sais, toi, que l'État nie toujours. Belles paroles que celles du ministre. Ah, oui, tiens, mince, on a fait quelque chose de pas bien. On va réparer. Un bon milliard, ça irait ? Et après, on est copains ? Hein ? C'est une bonne idée.

Il ouvrit une septième bière. Adriana Pitelberg et sa soif de « je veux ouvrir les yeux au monde » ont déterré un cadavre vieux d'un siècle. Un cadavre. Non, des cadavres. Des montagnes. Des cadavres bien enterrés et des cadavres bien vivants, noyant leur souffle dans l'alcool. Il avala la moitié de la bouteille. Il n'avait pas encore assez bu. Pas encore assez pour sombrer dans le semi-coma qui lui faisait perdre la raison, qui effaçait le pire, qui donnait encore envie de se lever le matin. Une hébétude salvatrice le rendant aveugle aux images. Celles cachées au plus profond de lui. Mais ce soir, malgré son acharnement à boire, il ne put empêcher leur retour. Le pensionnat pour assimiler les autochtones.

Pour les tuer ! Nous sommes morts depuis des années et nous continuons de mourir au vu et sus de tous. Dans le parfait anonymat. Qui crois-tu passionner avec l'histoire que tu veux écrire ? Des voyeurs, c'est tout. Seulement eux. Les assoiffés de sordide. Tu veux du sordide ? On m'a retiré à ma mère à cinq ans. Ma sœur, mon frère et moi. « Pour notre bien ». Mon père est mort pour le Canada contre ton pays.

Il eut un sourire sarcastique.

Comique non ? Tu veux m'aider et ça se trouve mon père, il a tué ta famille. C'est peut-être ça que je paie.

Les images du pensionnat revinrent. D'abord, la vision des bâtiments, l'ambiance. Puis, lui. Venues du tréfonds, si longtemps retenues, elles déboulèrent, dévalèrent les joues ridées, creusées par les années passées en plein vent, par la lassitude de la tâche. Elles devinrent torrent. Le corps se convulsa, incontrôlable. Un gémissement, plus clair, plus puissant devint un hurlement. Celui d'un loup, d'une bête brisée, meurtrie, traquée. La peur se mêla à la colère. La peur de l'enfant arraché des bras de la mère. La peur de l'enfant électrocuté pour chasser les mauvais esprits. L'humiliation des tresses coupées. L'humiliation des abus subis. La souillure indélébile. La colère, enfin, d'un adulte. Pas du fait de son passé, mais parce que cela continuait. Ad vitam aeternam. Qu'avaient-ils donc tous fait pour mériter un tel supplice ? Lui et tous les autres. Lui et ceux à venir. Celles à venir surtout. Les femmes payaient un prix encore plus fort. Dans le silence le plus complet. Les soubresauts s'atténuèrent pour être remplacés par un abattement écrasant le faisant sombrer dans le sommeil.

Au matin, les premières lueurs le surprirent avachi dans son fauteuil, une bière entamée finissant de se répandre sur le sol. La bouche pâteuse, il tenta de comprendre ce qu'il faisait là au lieu d'être dans son lit. Puis, cela lui revint. Il eut juste le temps de se précipiter aux toilettes pour vomir. Un flot continu de bile. Il se redressa pour se passer de l'eau sur le visage. Son reflet l'interpella. Son reflet devint son visage. Il resta saisi. Il se vit. Enfant, ravalant ses larmes. Il vit sa mère le visage défait. Sa sœur perdue de vue, retrouvée vingt ans plus tard. Son frère, mort d'une surdose d'alcool. Il revit la réserve. Et soudain, il entendit. Un murmure. Son imagination. Cela devint plus audible. Non. Quelqu'un parlait. Disait quelque chose. Un mot. Non. Un nom. Oui, un nom. Le sien! C'était son nom! Son nom à lui! Il venait de retrouver son nom!

Tapotant d'impatience sur la table du restaurant qu'elle avait choisi comme QG, Adriana Pitelberg s'agaçait de ne pas trouver la phrase adéquate quand une ombre se projeta sur sa tablette. Elle leva les yeux.

Aidez-moi à laver la souillure. Aidez-moi à supprimer l'Indian Act. Rendez aux Premières Nations leur humanité.

Il prit une chaise et commença son récit.

Ils m'ont appelé Bob Trump.

Il s'arrêta déçu, en colère peut-être. Soudain, il reprit :

Je m'appelle Fracas du Tonnerre et je suis un Cree.

MISSY

(Concours Femme Actuelle/ BOD)

Vanille observait avec amusement les quatre femmes qui erraient dans le magasin. Jeune antillaise, belle comme le jour, elle tenait boutique pendant que sa mère écumait la région en quête de l'objet rare ayant une histoire. Car pour Ernestine Bond-oui, comme James – rien n'avait de valeur s'il n'était pas porteur d'une histoire. Elle avait repris le magasin de son oncle Alphonse après vingt années passées à l'Éducation Nationale. Vingt années de bons et loyaux services, mais l'égoïsme ambiant et la suffisance de certains eurent raison de sa foi en l'Homme. Elle partit vivre sous d'autres auspices, plus humains. Son mari, Jules, ancien couvreur, était devenu expert-comptable à la suite d'un accident qui l'avait laissé paraplégique. Privant le couple d'une descendance, ils se suffirent à eux-mêmes jusqu'à la fête paroissiale organisée pour aider l'orphelinat de la ville. Vanille, orpheline de neuf ans, violentée par un oncle abusif, se jeta dans leurs jambes, poursuivie par un affreux Jojo prénommé Kevin. Des jambes, elle passa à leurs bras qu'elle ne quitta plus. Elle se reconstruisit à force d'amour, de câlins, de chaudoudoux[1]. Grandissant entre les sciences et les arts, elle devint la jeune femme posée, joviale et fine observatrice du genre humain qui se tenait à ce moment précis derrière le comptoir. Elle remarqua que celle qui menait la danse était une grande sèche, dont la prétention transpirait dans le ton de voix. Rien ne lui convenait. Ni les poupées, qui pourtant attiraient l'attention de la grande rousse ni les miroirs biseautés, ni les meubles, tableaux, horloges. Rien. Elle voulait de l'ancien, coûteux et rare. Vanille se retint de rire en l'entendant pérorer devant une authentique horloge Louis XV. Quelle quiche, se pensa-t-elle. En revanche, elle était convaincue que la grande rousse reviendrait. Elle avait passé beaucoup de temps à observer les poupées. Trop de temps pour ne pas revenir. Et elle revint. Avec une demande.

---

[1] Claude Steiner, Le conte chaud et doux des chaudoudoux. Illustrations PEF, Interéditions, 2009.

– Je recherche un type de poupée précis. Ma grand-mère en a reçu une pour ses cinq ans et j'aimerais lui offrir le même modèle. Elle tendit un dessin à Vanille qui se mit en recherche dans le magasin, mais en vain.

– Maman saura. Si vous voulez bien me laisser vos coordonnées ? Je vais scanner votre dessin et lui soumettre ce soir.

Andréa Levernier éprouva un sentiment de soulagement. Peut-être réussira-t-elle à trouver. Sa grand-mère, âgée de quatre-vingts ans, venait d'entrer en EHPAD et ne cessait depuis quelques mois de réclamer « Missy ». Andréa avait mis longtemps à comprendre qu'elle parlait d'une poupée. Étant en fin de vie, elle aurait voulu apaiser ses dernières années en lui offrant son doudou. Le seul problème est qu'elle avait échoué. Mais, hier, en voyant tous les modèles du magasin, elle avait repris espoir. À son retour, Vanille présenta la requête de sa cliente à sa maman et obtint pour réponse un :

– Ben merde alors.

Ernestine prit le temps d'expliquer à sa fille que les coordonnées de la fameuse Andréa étaient celles de son chef d'établissement avant qu'elle ne raccroche les gants.

– Ben crotte, ne put s'empêcher Vanille.

– Vous faites une métaphore filée ? s'amusa Jules, je peux jouer aussi ?

Ernestine prit le temps de farfouiller dans tous ses registres et autres catalogues avant d'actionner son réseau. Légué par tonton Alphonse qui se la coulait douce dans les Pyrénées, il était constitué de brocanteurs, d'antiquaires, de savants receleurs et autres excavateurs d'histoire de toute l'Europe. Oui, parce que chez les Kiev, le passé avait laissé une trace indélébile. Ernest Kiev s'était engagé depuis Londres aux côtés du Général. Fait prisonnier, il fut déporté à Mauthausen. La lutte contre l'injustice, contre la violence avait traversé les générations suffisamment pour qu'Alphonse fasse justice à sa façon. Un tableau confisqué par les Nazis ? OK, je vais voir. Il allait voir et récupérait. Illégalement. À illégal, illégal et demi. Nulle plainte ne fut jamais portée pour disparition d'un tableau accroché depuis trois générations dans le salon et obtenu de façon peu orthodoxe. Alphonse étendit son œuvre d'Arsène Lupin des arts aux biens volés, confisqués, mais toujours injustement. Il transmit son art de la cambriole, son savoir d'antiquaire à sa nièce favorite. Favorite parce que c'était sa seule nièce en fait. Bon d'accord, parce qu'elle ressemblait beaucoup à sa mère, Blanche, sœur d'Alphonse. Toutes les deux futées et éprises de justice. C'est cette nouvelle génération de pourfendeur des droits spoliés qui s'invita dans le bureau d'Andréa Levernier. Passée la surprise, celle-ci écouta attentivement.

– Donc, j'ai fait mes petites recherches. Cette poupée de chiffon était fabriquée par un seul magasin allemand pendant la guerre. À Berlin. À chaque fois, les commandes étaient uniques.

– À Berlin ? Mais quel rapport avec ma grand-mère ?

– Aucune idée. Une commande reste une commande. Pétaouchnok ou Berlin, c'est pareil.

– Oui, c'est vrai. Où puis-je en trouver une alors ? demanda Andréa pleine d'espoir.

– Nulle part pour l'instant. Le magasin a subi les bombardements de 45, il a été détruit. S'il en existe des modèles, j'ignore où. Mais j'ai lancé mes contacts dessus !

Andréa perdit tout espoir.

– Ma grand-mère n'a pas une éternité devant elle.

– C'est quoi l'histoire de cette poupée ?

– Elle lui a été offerte par son parrain, c'est tout ce que je sais.

– Demandez à votre grand-mère plus de détails.

– Comme quoi ?

– Des détails. Circonstances du cadeau, où.

– Mais pourquoi ?

– Tous les objets ont une histoire. Si on remonte le fil, on saura comment en trouver une.

Andréa Levernier était peu convaincue. Malgré tout, elle se plia, posa les questions et donna les réponses. Elle compléta même les informations par quelques photos familiales. Pendant quatre mois, elle n'eut que des réponses évasives de la part d'Ernestine : « rien pour l'instant», «ça prend du temps». Petit à petit, elle renonça.

– Jolie cabane, siffla Alphonse admiratif.

– Ah ben là, on est bien chez les rupins.

L'oncle et la nièce se tenaient sur le trottoir face à un château, copie assez proche du château de Bouges[2]. Entouré d'un parc, comme il se doit, lui-même entouré de grilles en fer forgé — comme il se doit — il trônait majestueux aux extérieurs de la ville.

– Encore un quelconque directeur de Manufacture ou contrôleur des finances qui, en son temps, aura fait fortune, soupira Alphonse.

– Ouaip.

– Bon, fillette, allons-y. Les proprios ne reviennent que dans une semaine. On a le temps, mais tu as vu les pancartes «voisins vigilants». Donc faut faire vite, propre et bien. Prête?

– Prête. J'y vais.

---

[2] Département de l'Indre

– Ouh la ! On check d'abord !

– Ah oui, merde. Caméra frontale, check. Matériel crochetage, check. Lampe torche, check. Oreillette, check.

– Alors, c'est parti.

Tonton Alphonse se dirigea vers son camion, équipé avec le dernier matériel high-tech tandis que sa nièce venait se coller aux grilles. Comme prévu, cinq molosses, doberman d'apparence, jaillirent bave aux vents et crocs éclatants.

– Ben, merci, bonjour l'accueil, leur dit Ernestine sans se démonter. Sympa. Connaissez-vous Missy ?

Elle sortit lentement la photographie de la poupée et la montra aux chiens, tout en continuant de leur parler. Alphonse, derrière les écrans, souriait, attendri.

– Y'a pas, elle a le don.

Le don d'Ernest. Papy Ernest. Le seul à pouvoir empêcher, par la parole ou le ton de voix, les chiens de se jeter sur les détenus. C'était un amusement dont il avait parfois privé les bourreaux du camp, qui mettaient l'incapacité de leurs chiens à déchiqueter un prisonnier sur le compte d'un estomac plein. Ils prirent donc l'habitude de les affamer. L'un d'eux eut même le droit de goûter aux chairs humaines. À Mauthausen, tout était possible. Himmler en avait fait un modèle de camp : travail forcé pour exterminer tout en économisant des balles. Aux Marches de la Mort s'étaient ajoutées la cruauté et la bestialité des hommes. Un matin, l'appel fut sonné pour la visite éclair d'un haut gradé. Venu avec sa famille, il souhaitait inspecter les détenus et la bonne tenue du camp. Un des chiens cassa sa laisse et se précipita sur l'enfant du chef SS. Le petit ne dut son salut qu'à Ernest qui sortit du rang et s'interposa entre le petit et l'animal. Avec des mots, il sauva la vie de l'enfant. Sa récompense fut d'être exécuté avec une balle dans la tête et non par pendaison. Vexer un officier SS coûtait cher quand bien même sauveriez-vous sa vie. Le don d'Ernest passa à son fils Arnault — jeune bambin qui souffrit les bombardements à Londres — qui le transmit à sa fille Blanche, qui le transmit à Ernestine. Laquelle en faisait bon usage, les cinq molosses l'ayant laissée entrer. Crocheter les serrures de la grille de la maison fut un jeu d'enfant. Apaiser le rottweiler arrivant babines retroussées aussi. Elle se mit donc en devoir de fouiller les pièces, les unes après les autres.

– Eh ben, ils ne se mouchent pas du coude, se permit Alphonse.

Tableaux de maîtres, meubles marquetés, vase chinois, miroirs, dorures. Un vrai palace.

– Dis donc toi ! s'écria-t-il soudain, depuis quand tu as perdu tes bonnes manières !

Ernestine resta un instant muette.

– Le meuble Boulle derrière toi !

– Je n'ai pas trop le temps, là.

– Un meuble Boulle !

– Bon d'accord.

Lentement, doucement, elle laissa glisser ses doigts sur le secrétaire Boulle. Caressant le meuble, lui parlant, humant son odeur. Puis, avec précaution, elle appuya sur la fragilité remarquée par ses doigts alertes. Une petite trappe s'ouvrit et offrit son contenu.

– Oh putain, jura-t-elle.

– Ah ben, là, confirma Alphonse visualisant la découverte.

Elle prit le temps de regarder les photos. Un très bel officier SS tenait dans ses bras une enfant radieuse sous le regard admiratif de ses parents.

– La vache. Un Totenkopf[3].

– Les gardiens des Enfers d'Himmler. Y' a pas à dire, leur tailleur savait faire de beaux costumes, commenta sarcastique tonton Alphonse.

– Ouais, dommage que papy Ernest n'ait pas eu le même tailleur.

Elle reposa les photos dans la cache et sortit de la pièce. Le rottweiler l'attendait avec une certaine impatience. Il venait de se rappeler où il avait déjà vu cette poupée. Oui, parce qu'un chien cela a de la mémoire. Il la guida jusqu'à une porte fermée, qui ne le resta pas longtemps, menant au grenier. Là, la meute se mit en quête de Missy.

– Missy ! s'écria la grand-mère d'Andréa Levernier.

---

[3] Unité qui avait en charge la garde des camps de concentration.

La vieille femme avait de nouveau cinq ans. Lorsqu'Ernestine avait rapporté la poupée à Andréa, elle en était restée abasourdie. Elle fut hébétée quand elle vit le film. Oui, parce qu'elle ne crut pas qu'il s'agissait de la vraie. Comme St Thomas, elle eut besoin de preuves. Donc Alphonse et Ernestine montrèrent les images. Et là, elle tomba de haut. Vanille s'offusqua.

– Tu l'as volée !!

– Non, mais ça va bien, oui ! Elle était au grenier, couverte de poussière ! Et pis, les chiens m'ont laissée entrer. Donc ça ne compte pas.

La joie enfantine de la grand-mère d'Andréa effaça les reproches.

– Regarde ! cria-t-elle agitant une photo. Mon papa et ma maman !

En dépoussiérant la poupée, Ernestine était, elle aussi, tombée sur la photo cachée dans le corps même de la poupée.

– Tu as fait quoi des autres ? demanda Alphonse en murmurant.

– Brûlées.

– C'est bien. Blanche aurait fait pareil. Et Ernest aussi. Il disait toujours que les enfants ne sont pas responsables des choix de leurs parents.

Ernestine approuva. Après avoir trouvé la photo dans la poupée, elle avait rouvert le meuble Boulle et prit les autres clichés. Andréa observait avec beaucoup de tendresse la photo du couple. Souriant, le père, l'œil fixé sur l'objectif, portait fièrement sa fille serrant Missy dans ses bras. Elle ne fit pas attention au fait que son arrière-grand-mère semblait regarder une troisième personne hors du champ du photographe.

– C'est mon parrain qui me l'a offerte, se vantait la vieille dame. Je croyais qu'il était sur la photo, mais on ne le voit pas. Tant pis. Je me rappelle plus bien son visage, mais il était très gentil.

Andréa remercia du regard Ernestine.

– Ah ben, fit doucement Alphonse, son parrain, gentil, j'en pleurerais. Tu as bien fait de l'enlever.

– Doit-on forcément tout savoir ? Elle n'avait que cinq ans. Nan, pis, de toute façon, j'ai toujours trouvé qu'Himmler n'était pas très photogénique, ironisa Ernestine.

LA HONTE ET LE SILENCE

(Concours médiathèque Paul Valéry de Gargenville)

20 Janvier 1920.

Ma douce amie,

Les mots que tu vas lire me transpercent le cœur. Il me faut, cependant, les écrire. La guerre a changé l'homme que j'étais. Je ne suis plus le mari que tu as connu, l'homme que tu as épousé. Trop de violences, d'injustices ont transformé celui que j'étais avant de partir au front. Je sais que tu as lu tous les journaux et que tu sais ce que cette guerre a été pour nous, pauvres soldats. Mais malgré tous tes efforts, tu seras loin de la réalité. Je ne dors plus, je vis avec le bruit assourdissant des obus, avec l'odeur constante de la mort. Je suis incapable de reprendre la vie d'avant. Incapable de m'occuper de nouveau de la ferme comme si de rien n'était. Je ne suis plus capable de tenir ne serait-ce qu'une conversation futile. Tout me ramène à la guerre et je ne veux pas gâcher la jeunesse que tu as à vivre.

Tu ne peux vivre avec un mort. Même avec tout l'amour que tu me portes, je deviendrai un fardeau. Et puis, il me faut te l'avouer, j'ai rencontré une femme. Une infirmière. Sur le front. Elle et moi avons tant de choses en commun qu'il ne m'est pas possible de revenir. Avec elle, je sais que j'ai une autre vie à construire. Je sais à quel point mes mots vont te heurter, mais je ne puis te laisser dans l'ignorance de mon état. La guerre pour moi s'est arrêtée en 1917, après le Chemin des Dames. Tu vois, ça commence à remonter. Pardonne à un homme qui a changé et qui a perdu son amour de la vie et son amour tout court. Embrasse notre Victoire pour moi. Dis-toi que j'aurais été un bien piètre papa.

Ton Alphonse

5 Février 1920.

Comment as-tu pu ? Comment as-tu pu écrire de telles choses ?! Ne suis-je donc rien ? Me crois-tu incapable de comprendre ? Me prends-tu pour une enfant pour croire que je n'aurais ni la patience ni la compassion nécessaires pour reconstruire nos vies ? À notre mariage, le curé a dit « pour le pire et le meilleur ». Peut-être n'avons-nous, désormais, que le pire, mais nous sommes mari et femme. Tu ne peux abandonner lâchement ta famille pour les bras d'une autre. De quel droit penses-tu que nous serions incapables de vivre de nouveau ensemble ? Pourquoi les bras de cette femme seraient-ils plus consolateurs que les miens ? Que dois-je dire à notre fille Victoire, que j'ai mise au monde seule, dans la ferme en cette année 1916 ? Que son papa est un lâche ? Car c'est ce que tu es, Alphonse, un lâche. Je me moque de vos souffrances. Que crois-tu que fut la guerre pour nous ? Crois-tu que nous avons guinché ? Comment crois-tu que la ferme a tenu ? Que nos assiettes se remplissaient ? Avec de douces paroles ? Nous n'avons pas toutes été infirmières, mais nous avons travaillé dur pour vous amener à la victoire, pour vous soutenir, pour répondre à l'effort de guerre. Nous avons tenu les fermes, assuré les récoltes, nourri nos familles et, ce, sans vous. Où étiez-vous quand on nous faisait vendre à vil prix le fruit de notre dur labeur ? Lorsqu'il a fallu se battre contre les fermiers qui chassaient les femmes des métayers sous le prétexte que les hommes étaient au combat ? Où étais-tu quand Victoire manqua de lait ? Je maudis cette guerre qui nous a tout pris. Et je te maudis, toi, le soldat courageux, devenu inapte à la vie civile et qui préfère s'enfermer dans son passé militaire au lieu que d'affronter de nouveaux combats.

Amélie

14 Mars 1920.

Monsieur,

Je vous conjure par cette lettre de répondre à la détresse d'une épouse abandonnée par son époux. La guerre fait dire et faire des choses impensables. Mon Alphonse a décidé de partir avec une autre. Notre fille est née en 1916 et elle n'a plus que moi pour l'élever. Je vous supplie de me confier l'adresse du sanatorium où se trouve mon mari afin que j'essaie de le ramener à la raison. Il n'a jamais vu sa fille, peut-être que la voyant cela lui fera oublier sa folie ? Nous n'avons pas connu la guerre comme vous autres les militaires, mais nous l'avons subie. Nous avons été de bonnes patriotes et soutenu nos soldats. C'est en ce nom que je m'adresse à vous. Aidez-moi à redonner son honneur à mon époux. Je constate que je ne vous ai pas donné son régiment : Alphonse Trimoret, 23e RI.

Avec mon profond respect,

Amélie Trimoret

15 Avril 1920.

Madame,

C'est avec un profond regret que je vous informe ne pouvoir accéder à votre requête. Votre mari a été un très bon soldat, décoré, mais ce que vous me demandez relève du domaine civil et non du domaine militaire. Adressez-vous à votre mari, tentez de le raisonner par vos propres moyens. L'armée ne peut rien.

Le Général Dupâquis

5 Mai 1920.

Madame,

C'est avec une profonde hésitation, mais avec la conviction qu'il s'agit de mon devoir d'honorer une noble cause, que je m'adresse à vous. Votre lettre était posée sur le bureau de mon mari, et, ayant reconnu une écriture féminine, de mauvaises pensées me sont venues à l'esprit. La teneur de votre courrier me fit prendre fait et cause pour vous. Les hommes considèrent qu'ils sont les seuls à avoir souffert et les seuls à souffrir. J'ai perdu deux fils et un frère dans cette guerre. Votre détresse est la mienne. Nul homme ne peut abandonner la famille qui est la sienne pour quelque prétexte que ce soit. Cela est interdit aux femmes, cela doit l'être pour les hommes. J'ai donc posé les questions aux officiers de mon époux. Ils ont répondu contraints et forcés par la bienséance. Je puis donc vous communiquer l'adresse du centre de soins où se trouve votre mari à ce jour. Allez-y, convainquez-le, parlez à cette femme et faites-le revenir au sein de son foyer, là où est sa place. Il me faut, cependant, vous prévenir que ce sanatorium soigne des blessures particulières. Vous pourriez ne pas le reconnaître. Je joins quelques vêtements pour votre fille. Ils sont ceux que portait la mienne à l'âge de la vôtre. Prenez soin de vous.

Anne-Sophie Dupâquis

Juin 1924.

Mon papa à moi,

Aujourd'hui, j'ai eu un 10/10 en mathématiques et un 9/10 en lecture. Je suis contente. Gustave, lui, n'a eu que 6/10 et 7/10. Il faut dire qu'il est fatigué. Il doit se lever pour s'occuper des vaches avant de partir à l'école, alors en classe, des fois il dort. La maîtresse nous a raconté la bataille de la Somme et a demandé à la classe quels papas y étaient allés. La moitié de la classe a levé la main. Moi, je savais pas, alors je l'ai dit, mais j'ai dit que tu avais fait celle de 1917. Après, elle a demandé combien sont revenus. Pas beaucoup. Gustave, son papa, il est pas revenu, c'est pour ça qu'il travaille déjà. Il a dit que toi non plus tu n'étais pas revenu, mais Lucie a dit que c'était pas pareil. Et Gustave, il a dit que c'est pareil, mais en mieux, parce que je peux te parler. Et là, Auguste, il a demandé à Mademoiselle Jean, si c'était pareil de plus avoir de papa que d'avoir encore un papa tout abîmé qu'on voit pas. Elle est devenue toute rouge et a dit que les gueules cassées, c'était dur pour eux, c'est pour cela que certains, ils reviennent pas. Et j'ai demandé à maman qui m'a dit que la maîtresse avait raison, mais que nous, on avait de la chance, car on peut te parler avec des mots écrits. C'est comme si tu étais là. On a deux nouveaux lapins et les poules arrêtent pas de pondre, donc maman elle fait plein de gâteaux.

Je t'embrasse mon papa. On t'écrira toutes les deux dimanche.

Ta Victoire

PS Je trouve le mot « gueules cassées » très moche. Faudrait qu'on en trouve un autre.

Table des matières

A paraître : Guenièvre et la Loi du Talion

Les textes sont issus de participations à différents concours de Nouvelles entre 2018 et 2021 ainsi que de textes proposés lors de la Masterclass d'Eric-Emmanuel Schmitt sur le site The Artist Academy.

Le thème historique dominant a l'avantage de permettre de revisiter les faits en les plaçant sous un autre point de vue.